COLLECTION FOLIO

À nous la Terre !

Catherine Cusset • Erri De Luca
Jean-Baptiste Del Amo
Sonja Delzongle • Luc Lang
Carole Martinez • Ron Rash
Jean-Christophe Rufin
Monica Sabolo

À nous la Terre !

Les écrivains s'engagent pour demain

Préface d'Isabelle Autissier

Gallimard

Tous nos remerciements à :
Sempé pour l'illustration de couverture ;
Isabelle Autissier et nos auteurs
pour leur engagement aux côtés de Folio ;
Charles Kermarec des Éditions Dialogues et *Paris-Match*
pour leurs aimables autorisations.

SOMMAIRE

PRÉFACE

L'humain est devenu si étranger à la nature qu'il en vient à l'opposer à la culture. Retranchés dans nos blocs de béton et d'acier, nourris de plantes et d'animaux produits industriellement, buvant une eau et respirant un air chargés de nos polluants, habitons-nous toujours la planète Terre ?

Ces textes nous crient qu'au contraire, au cœur de notre intimité, se nichent un oiseau, une ligne de crête en montagne ou les couleurs fulgurantes d'un insecte. Ils nous apportent émerveillement, réconfort, inspiration, connaissance, nous relient les uns aux autres.

Si cette pandémie a bien illustré le fait qu'« il n'y a pas d'hommes en bonne santé sur une planète malade », il faut penser aux maladies physiques, certes, mais aussi à celles des âmes et des civilisations.

Nous nous épanouirons aux côtés de la nature,

ou nous n'aurons pas de vies dignes. Le temps des choix est là, plus que jamais.

Isabelle Autissier

Présidente d'honneur
de la fondation WWF France

Isabelle Autissier est ingénieure halieute, première femme à avoir accompli un tour du monde à la voile en solitaire. Elle est aussi écrivaine, conteuse et chroniqueuse. On lui doit notamment *Passer par le Nord* (Éditions Paulsen, 2014), avec Erik Orsenna, *Oublier Klara* (Éditions Stock, 2019 ; prix du roman *Version Femina* 2019), ou encore *Notre avenir s'écrit dans l'océan* (Éditions Bayard, 2021). Elle est présidente d'honneur de la fondation WWF France.

Catherine Cusset

Le côté gauche de la plage

Catherine Cusset est née à Paris en 1963 et vit à New York. Elle a publié de nombreux romans, tous parus aux Éditions Gallimard, dont *Le problème avec Jane* (grand prix des Lectrices de *Elle* 2000), *La haine de la famille*, *Confessions d'une radine*, *Un brillant avenir* (prix Goncourt des lycéens 2008), *Une éducation catholique*, *L'autre qu'on adorait* (finaliste du prix Goncourt 2016), *Vie de David Hockney* et dernièrement *La définition du bonheur*, ainsi qu'un récit, *New York, journal d'un cycle*. Elle est traduite dans une vingtaine de langues.

Une plage. La même depuis des décennies.

Je passe tous les étés sur une presqu'île où les plages sont nombreuses – celles du côté de la baie, mieux protégées des vents et des courants ; celles du côté de l'océan. Depuis que j'ai l'âge de choisir, je n'en fréquente qu'une. Quand je pense à la Bretagne, c'est à elle que je pense. À sa lumière d'ouest. Chaque jour de chaque été ou presque, je fais la même promenade, me baigne au même endroit. Chaque fois la magie opère. Par la grâce de la mer, bien sûr. Mais la mer est partout sur la presqu'île. La mer est la même sur les plages qui bordent la mienne. Pourquoi est-ce sur celle-ci que je reviens ? Qu'est-ce qui fait qu'on adhère à un lieu, comme à un être ?

J'hésite à prononcer son nom par crainte de livrer mon secret, même si ma plage se défend contre l'envahisseur. Comme la rose, elle a ses épines. Y parvenir est malaisé. Même si on y va en voiture, après s'être garé il faut marcher un kilomètre sur un chemin sableux cerné de ronces. La mer n'y est pas hospitalière. Ce n'est pas seulement qu'elle est froide, comme partout en Bretagne. Elle gronde et éclate en vagues aussi bruyantes que les aboiements d'un chien qui montre ses crocs. Les courants violents ne permettent pas d'y nager. Un arrêté municipal de 1975 placardé sur le chemin de la plage y interdit la baignade. Et puis il y a ceux qui fréquentent cette plage – ou plutôt ce coin de plage, car il ne s'agit même pas d'une plage entière : je vous en concède les deux tiers. Peu nombreux. Nus. Surtout des hommes. La plupart des gens sont choqués par cette nudité virile et ces mœurs affichées. Je suis tranquille sur ma plage.

Malgré tout j'ai peur de dire son nom, ce nom qui parcourt mon corps d'un frisson qui est celui des prémices de la joie. Le lieu du bonheur, comme le nom de Yahvé, doit être tu. Je l'appellerai Porzcrac'h.

Je bénis le mauvais temps qui gâche les mois d'été, même si j'aime aussi les heures douces précédant le coucher du soleil à dix heures du soir. Grâce à tous ces étés pourris, il y a de moins en moins de monde sur ma plage. Petite j'y suis allée, rarement, pique-niquer avec mes parents. J'ai souvenir de dunes peuplées de vacanciers. Les photos dans l'album de famille en fournissent la preuve. Ces mêmes dunes aujourd'hui sont presque désertes, même par beau temps. J.P. et moi, quasi seuls sur la plage par un dimanche ensoleillé d'août, nous sommes regardés en haussant les sourcils. « Ce n'est plus ici que ça se passe, a-t-il dit. Ils ne nous ont pas dit où. »

Cette plage où je vais depuis trente-cinq ans est pleine de souvenirs d'amour, d'amitié, de désir, de rires, de peurs. Le bonheur, c'est aussi cela : une strate de souvenirs qui finissent par former un roc auquel l'âme peut s'amarrer par tempête, et qui, giflé par les vagues et battu par la pluie, se dresse, inaltérable, inamovible, tels ces trois rochers ronds qui se profilent sur la droite à l'horizon de ma plage et qu'on appelle les tas de pois.

Mais quand j'ai choisi cette plage, elle était vierge de mes souvenirs. À quinze ou seize ans, je quittais la maison que nous louions dans le village, et je marchais six ou sept kilomètres sur la route en goudron pour atteindre la falaise et descendre vers ma plage. J'allais du côté gauche. Le bonheur, c'était d'y aller seule et de me baigner nue.

Jusqu'à la rencontre de Jean, cette plage a été le lieu de ma solitude. Elle a aussi été le lieu de ma plus grande différence d'avec ma mère dont je suis si proche, ma mère parisienne et juive sans racines, sans attachement à une terre, qui n'aime pas le vent dérangeant ses cheveux ni les vagues et les courants l'empêchant de nager. L'idée d'exposer son corps nu aux regards l'horrifie. Elle qui revendique son insensibilité à la beauté de la nature n'a jamais compris comment un paysage pouvait me rendre heureuse. Elle était irritée quand je rentrais vers neuf ou dix heures du soir, en retard pour le dîner, sans respect pour les horaires, insensible aux reproches, un sourire illuminant mes yeux, les cheveux pleins de sable et la peau salée. Le soleil se couchant sur la mer était simplement trop beau : je n'avais pas réussi à partir. Ou bien, mais cela ne pouvait se dire, mon ami, plus tard mon mari, et moi, avions attendu le départ du dernier vacancier pour assouvir entre les dunes un désir que le vent, le grondement de la mer, le vertige en sortant du long bain dans les vagues, le filet de sable chaud que nous faisions lentement couler sur nos ventres et nos cuisses, avaient excité en nous l'après-midi durant. Cette plage est le legs de mon père. Lui qui se dit déçu de n'avoir pas réussi à nous transmettre sa foi m'a transmis quelque chose d'aussi fort, l'amour d'un lieu et un bonheur fou lié à cet amour. Il m'a transmis Porzcrac'h et le plaisir du bain nu.

Ce n'est pas de l'impudeur, de l'exhibitionnisme. Nu, le corps retrouve un état d'avant la sexualité. Paradisiaque état d'innocence. Personne ne me regarde, sauf peut-être un voyeur caché dans les dunes. Ce gros type qui me suit jusqu'à l'eau et se poste à quelques mètres de moi me dégoûte, mais je ne le laisse pas me gâcher mon bonheur. Il n'est pas dangereux, son plaisir c'est de mater, je ne fais pas attention à lui. Dans une minute je serai sous l'eau, il ne verra plus rien. Quant aux homos, pour eux je suis invisible. Ils ne me gênent pas. Je me déshabille sans hésiter. Pour avoir moins froid je cours vers la mer. À marée basse, je passe par les mares que forment les creux du sable pour familiariser mes pieds avec la fraîcheur de l'eau, tout en sachant que la mer aura quelques degrés de moins. Le premier contact est cruel. Je saute pour échapper aux vagues qui éclatent contre mes cuisses. L'une d'elles éclabousse mon ventre et m'arrache un cri. Frileuse, peu courageuse, j'ai du mal à rentrer les mains dans l'eau glacée pour asperger mon visage et frictionner mon cou, mes épaules et mon ventre. Je plonge enfin dans une vague : un congélateur. Le froid pince mes tempes. Entre deux vagues je m'immerge pour m'habituer au froid, tout en guettant la prochaine du coin de l'œil. Je la vois enfler. J'allonge mon corps juste avant qu'elle éclate, je la pénètre tête la première comme une balle de fusil, je la transperce, je la laisse me secouer, me tournebouler. Je me cogne contre elle, je lui saute dedans, je l'attaque, j'ai l'impression qu'elle me gifle, qu'elle cherche à m'assommer. Je joue avec elle, je me bats contre elle, je la cogne, je m'y donne à corps joie. J'éclate de rire, seule, comme une folle. Parfois même je lui parle, je la défie. Au cinquième ou sixième plongeon mon corps s'est habitué, je la trouve presque chaude, « elle est bonne aujourd'hui », dix-huit degrés au moins. Tandis que mon corps replié sur lui-même attend la vague, je vérifie du bout du pied que le sable est là et me redresse pour m'assurer que la mer m'arrive à mi-cuisses et que je pourrais en extraire ma jambe au besoin. Les talons plantés dans le sable, je sens le reflux qui m'entraîne. Il y a ici et là des creux dans le sable, des baïnes où l'on peut perdre pied.

Il y a longtemps, le courant m'a empêchée de revenir. Je m'étais avancée trop loin. J'avais de l'eau jusqu'à la poitrine. Il ne servait à rien de nager. La mer était devenue une implacable ennemie. J'ai crié. Je n'étais pas seule ce jour-là. Mes amies ou mes cousines ont fait la chaîne en se tenant la main et attrapé la mienne, pour me tirer. Ensuite j'ai entendu de nombreuses histoires de presque noyade. Mon beau-frère emporté par le courant s'est vu mourir avant d'être rabattu contre une falaise qu'il a réussi à agripper et escalader. Chaque année une personne se noie. Un été j'ai vu les pompiers sur la plage, et le sac en plastique bleu où reposait le corps d'une femme de cinquante ans. Je ne vais jamais au-delà des vagues.

Quand je sors de l'eau, quel que soit le temps, je n'ai pas froid – sauf si je suis restée trop longtemps. Le corps est comme insensibilisé. Je torsade mes cheveux pour les égoutter. Je marche vers le sable sec. Je me sens purifiée de mes soucis et mes peurs. Plus rien n'a d'importance, donc je suis forte. Et belle. Je suis Vénus qui sort de l'écume des flots, même avec du poil aux pattes, même avec des bourrelets, même avec ma peau blafarde tout l'été. Belle d'une beauté native en harmonie avec la beauté brute de la plage. Rayonnante, sans défaillance narcissique, sans vide. Heureuse, donc objet de désir. Mes yeux du même bleu que la mer. Mes cheveux blondis par le sel. Mon corps a désiré sur cette plage. Beaucoup, quand j'étais jeune. Mais le désir n'y a jamais été essentiel : juste un complément. Porzcrac'h est le lieu où je me réconcilie avec mon corps, où la honte ne m'atteint plus. Un jour où je jouais au beach ball avec une amie qui avait gardé son maillot de bain, des gamins traversant la plage nous ont encerclées. « Allez maillot noir ! Allez nature ! Allez la moule ! » Nature, la moule, c'était moi. J'ai ri.

C'est de la plage de Porzcrac'h que j'ai parlé à celui qui deviendrait mon premier grand amour, lors de la première nuit que nous avons passée ensemble dans Paris. Je lui ai raconté les rouleaux où l'on plonge et l'eau glacée qu'il faut apprivoiser. Je lui ai dit : « Il faut gagner son bain. » Parodique ou pas, l'expression était juste. Le bonheur, c'est la récompense après l'effort. La conquête après le corps-à-corps.

Comment livrer aux mots, à leur déroulement temporel, une vision que le regard saisit en un instant ? La première fois, il faut arriver par le hameau de Porzcrac'h, une quinzaine de pentys en pierre du pays perchés sur la falaise, dernières constructions humaines avant la lande. De là-haut on surplombe la plage. Les plages. Celles de Porzcrac'h et de Men Du. En un coup d'œil on embrasse une immensité de lande, de sable et d'eau que seule borne la rencontre du ciel et de la mer. C'est une immensité contenue par les falaises qui s'avancent dans la mer et forment de larges anses que les vagues viennent lécher. Un infini limité.

Nombreux sont ceux qui préfèrent, sur la presqu'île, le côté de l'île vierge : depuis le sentier côtier sur la falaise, la mer d'un bleu turquoise est si limpide et lisse qu'on a l'impression d'être au bord de la Méditerranée, impression que renforcent les pins qui furent plantés ici par erreur. Porzcrac'h, c'est autre chose. Pas une carte postale ; pas une vision statique, mais un mouvement. On dirait que la mer monte à l'assaut de la terre, pénétrant les anses à coups d'immenses vagues aux larges crêtes d'écume fumante comme les narines d'un taureau furieux. Leur râle est si fort qu'il assourdit tout bruit. L'heure la plus belle est celle précédant le coucher du soleil, quand la lande tout entière baigne dans une lumière dorée. Par mauvais temps, le noir des falaises et le blanc des vagues en colère se détachent sur les gris du ciel et de la mer. Devant cette lande secouée par le vent, cette plage où les silhouettes de promeneurs ont l'air de minuscules figurines de Giacometti, ces falaises à la roche noire pleine d'anfractuosités où pousse ici et là une touffe d'herbe verte, ces nuages que déchire le soleil dardant ses rayons sur la mer, on éprouve à la fois le sentiment de notre impuissance face à une force informe qui nous renvoie à notre petitesse et notre finitude, et l'exaltation d'être le spectateur de cette force éternelle. Ce n'est pas beau : c'est sublime.

Erri De Luca

J'ai été nature

Traduit de l'italien
par Danièle Valin

Erri De Luca est né à Naples en 1950 et vit près de Rome. Venu à la littérature « par accident » avec *Pas ici, pas maintenant* (Éditions Verdier, 1992), il est depuis considéré comme l'un des écrivains les plus importants de sa génération, et ses livres sont traduits dans de nombreux pays. En 2002, il a reçu le prix Femina étranger pour *Montedidio* (Éditions Gallimard, 2002), en 2013 le prix européen de Littérature pour l'ensemble de son œuvre, et en 2014 le prix Jean Monnet de littérature pour *Le tort du soldat* (Éditions Gallimard, 2014).

J'ai été nature.

Le choc de la vie a commencé dans l'impact entre un spermatozoïde et un œuf, au terme d'une course et d'une attraction.

Je me suis fait une place dans un ventre qui me contenait en s'élargissant avec moi.

J'ai grandi un million de fois en passant par les formes de reptile, de poisson, d'oiseau.

Au dernier stade, j'ai pris la forme humaine.

Mes organes, mon squelette se sont formés au battement frénétique d'un cœur.

J'ai été projeté à l'extérieur, dans l'asphyxie qui précède la première respiration.

À ce moment-là, j'ai cessé d'être nature.

J'appartenais désormais à une espèce qui met à profit tout ce qui l'entoure.

La divinité du monothéisme annonça au premier homme : « Maudite la terre à cause de toi. »

Dès lors, celle-ci a cessé d'être nature pour

n'être plus que milieu de l'espèce humaine, gisement de l'exploitation.

J'appartiens à cette espèce qui s'est séparée des autres espèces vivantes, en se répandant sur toute superficie et sous tout climat.

Elle a atteint son point culminant d'où elle devra régresser.

Les épidémies l'obligeront à réadapter sa présence au-dessus et au-dessous du sol, de l'eau, de l'air.

C'est un passage à travers le désert au terme duquel l'espèce signera un pacte d'alliance avec la vie de la planète.

Il retirera au monde son cilice de milieu soumis.

Il lui rendra son habit nuptial de nature.

Jean-Baptiste Del Amo

Des cœurs battants

Jean-Baptiste Del Amo est né en 1981 à Toulouse. Engagé dans la défense de la cause animale, il est l'auteur de plusieurs romans, unanimement salués par la presse, dont *Une éducation libertine, Le sel, Pornographia*, prix Sade 2013, *Règne animal*, récompensé par le prix du Livre Inter en 2017, et dernièrement *Le fils de l'homme*, tous parus aux éditions Gallimard.

Toujours, dans l'enfance, le surgissement de l'animal était un événement. Il suscitait mon exaltation et l'intérêt bienveillant de mes parents : la rainette trouvée à l'ombre du volet à l'heure de le rabattre, le grillon que j'avais appris à déloger de son terrier à l'aide d'une tige d'herbe verte, le crapaud ou le hérisson qui traversaient le jardin au soir des nuits d'été.

Avant moi, mon père adolescent passait des heures à chercher des couleuvres près des viviers d'eau de la petite ville de province où il avait grandi. J'aimais les récits de ses chasses et je me souviens d'une photo de lui tenant fièrement une jeune couleuvre à collier. C'est lui qui m'a tôt appris à distinguer une vipère d'une couleuvre, une grenouille verte d'une grenouille rieuse.

D'aussi loin qu'elle remonte, la mémoire familiale dit combien j'ai nourri pour les bêtes une indéfectible passion. Je les ai observées, capturées, hélas blessées et tuées parfois. J'ai tenté de les conserver dans un nombre incalculable de cages, d'aquariums, de pots de confiture au couvercle perforé, de terrariums improvisés, de bassines aménagées. J'ai voulu recréer des biotopes à l'échelle d'une cuve minable, mélangeant les espèces que je ramassais dans les flaques et les fossés : dytiques, tritons, têtards. J'ai souvent fait à leurs dépens l'expérience de ma cruauté.

J'ai passé des après-midi, des jours entiers à les rechercher. Rien ne me réjouissait plus et j'en délaissais la compagnie des autres enfants. Dans les mêmes années, mes parents m'avaient inscrit à des cours de tennis. Le terrain était situé à deux pas du cimetière du village et, dès l'arrivée des beaux jours, je trouvais toujours le moyen d'échapper à l'attention de l'éducatrice pour m'y précipiter et passer l'après-midi à chasser les hordes de lézards qui se chauffaient sur le marbre des tombes.

J'ai aussi le souvenir d'un anniversaire, à l'une des fermes du village, durant lequel je n'ai pas joué un instant avec les autres enfants : il me fallait à tout prix parvenir à capturer un grand lézard vert, à la gorge d'un bleu électrique, bien plus véloce que ses cousins des murailles.

Bien avant, dans ma première année de

maternelle, afin de calmer mes pleurs lorsqu'on me laissait à l'école, les dames de service m'apportaient chaque jour, dans un bocal, un ver de terre, un hanneton ou une sauterelle qui suffisait à me distraire et à libérer ma mère pour qu'elle s'échappe sur la pointe des pieds. J'avais trois ans à peine et c'était là le seul moyen de me faire taire. Rien d'autre n'existait que l'animal qu'on me donnait à voir ou qu'il m'était possible de poursuivre.

En grandissant, de toutes les bêtes qui peuplaient notre campagne, notre jardin, et qui me fascinaient sans exception, le serpent est celle que je plaçais au-dessus des autres. Voir filer une couleuvre entre mes pieds, dans l'ornière du ruisseau ou à la surface d'un petit lac, me procurait une joie inégalable. Souvent, celles dont je parvenais à me saisir étaient des serpenteaux de couleuvre à collier, qui me mordaient les doigts et les poignets, puis renonçaient et se laissaient glisser d'une main à l'autre, dans mon cou ou sous mon t-shirt, avant que je me résigne à les relâcher.

J'aimais la présence du serpent, le contact de la peau fluide et tiède, le noir bleuté de la langue bifide qu'il promenait sur le dos de mes mains. Entre tous les animaux, si le serpent me fascinait, c'est qu'il incarnait la bête de l'ombre, non celle de la nuit, mais celle que l'on ne perçoit qu'à la dérobée, du coin de l'œil ou par hasard, au détour d'un chemin, en soulevant une pierre ; celle qui bruisse dans les hautes herbes et fuit sans être vue, glisse dans les tourbes aux abords des mares et disparaît dans les algues et les lentilles d'eau.

La campagne offrait l'occasion sans cesse renouvelée de la rencontre avec les animaux. Il n'était pas rare que je rapporte à la maison une buse blessée, une jeune chouette tombée du clocher de l'église, un lapereau atteint de myxomatose, un petit ragondin trouvé au bord d'un fossé et aussitôt installé dans la baignoire.

À dix ans, je lisais et relisais jusqu'à en user la tranche les guides des animaux de nos régions. J'étudiais inlassablement la taxonomie : ordres, familles, genres et espèces. Les noms communs et les dénominations latines me semblaient receler une poésie mystérieuse : *Natrix natrix, Cicindelidae, Apis mellifera, Salamandra salamandra, Araneus diadematus, Solenopsis invicta, Pipistrellus pipistrellus.* Leur présence alentour, notre coexistence au monde étaient un émerveillement.

⋆

Dans les années 90, bien que les causes et effets du réchauffement climatique fussent déjà connus depuis près de vingt ans, nous n'en entendions jamais parler. Je me souviens avoir eu connaissance de l'existence de trous dans la couche d'ozone ; le journal télévisé en parlait de temps à autre, comme d'une première mise en garde dont nous ne percevions pas réellement les enjeux. À l'école, nous avions appris que le Soleil grossirait, devenant une géante rouge qui engloutirait la Terre, Mercure, Vénus, Mars peut-être, avant de s'effondrer sur lui-même puis de s'éteindre. Cette perspective nous effrayait, mais nous avions devant nous un milliard d'années de sursis et, bien qu'impossible à concevoir pour l'enfant que j'étais, ce délai suffisait à apaiser mes craintes.

En avril 1986, le nuage radioactif soulevé par l'explosion de la centrale nucléaire de Tchernobyl, en Ukraine, s'était arrêté net aux frontières françaises, ainsi que le proclamaient une carte du bulletin météo télévisé figurant l'Europe et deux anticyclones situés sur la France, ainsi qu'un panneau STOP barrant le passage aux frontières franco-allemande et franco-suisse.

En 1992, à l'initiative du ministre de la Santé Bernard Kouchner, ma sœur et moi, comme tous les élèves de 74 000 établissements scolaires français, avons apporté à l'école des paquets de riz destinés aux Somaliens frappés par la famine engendrée par la guerre civile. Au journal télévisé, nous découvrions, effarés, l'existence de ces enfants squelettiques au ventre énorme, en lesquels nous peinions à reconnaître véritablement des enfants, nos semblables.

Nous entendions parler du Koweït, de la Tchétchénie, de Sarajevo, du Rwanda et de l'Algérie mais tout cela me semblait appartenir à une autre réalité que la mienne, une réalité qui ne nous menaçait pas. D'abord parce que nous ne vivions pas dans ces zones de conflit (et parce que nous ne connaissions personne qui y vécût), ensuite parce que nous n'avions qu'une conscience réduite, étriquée, du monde que nous habitions et de ce qui pouvait nous lier à des territoires parfois lointains de plusieurs milliers de kilomètres. Aussi terribles soient-ils, ces événements ne nous affectaient pas autrement que par leur irruption cathodique à l'heure du dîner.

La fin du monde semblait bel et bien cet horizon inatteignable. Pourtant, à l'échelle des animaux et sans que nous en percevions rien, la vie commençait déjà à s'éteindre. Nous jouions en toute insouciance dans des champs d'un vert uniforme, bombardés de pesticides. La température moyenne annuelle connaissait depuis le début de la décennie 80 une augmentation continue sans précédent. Poussée par l'essor de l'aéronautique, la banlieue toulousaine se répandait dans la campagne en métastases urbaines incontrôlées, alternant zones commerciales et lotissements dortoirs.

Le 31 décembre 1999, tandis que le décompte de la dernière minute de l'année s'affichait sur les écrans de télévision et que les premières images de l'an 2000, déjà atteint sous d'autres latitudes, étaient retransmises dans les foyers français, j'ai eu la vague appréhension que les prévisions apocalyptiques pour le passage au nouveau millénaire puissent se réaliser. Mais nous avons survécu, tout comme nous avions survécu quelques mois plus tôt à l'éclipse solaire totale du 11 août 1999 durant laquelle, selon Paco Rabanne, la station Mir devait s'écraser sur terre, incendier Paris et détruire les villes d'Auch, Condom, Mirande et Marmande, près desquelles nous vivions.

Quelque chose vacillait cependant sous nos yeux, la vie même, à quoi nous étions aveugles. L'enfance et l'univers qui la berçait devaient durer toujours. Nous serions toujours des enfants, nos parents auraient toujours trente ans, ma mère se tiendrait toujours bras nus à l'ombre de cet érable, dans le jardin de mes grands-parents, assise par un jour d'été une cigarette à la main, magnifique et intouchable. Et autour de nous, le monde et la vie dans leur multitude, les petites vipères au soleil sur les pierres, l'incroyable variété du chant des oiseaux, le cœur tiède et secret des forêts desquelles s'élevaient au soir les lucanes cerfs-volants.

★

J'ai trente-neuf ans désormais. Lorsque je reviens dans le village de mon enfance, une nationale me rapproche à deux pas du lotissement dont la triste vision se substitue instantanément à mes souvenirs de petit garçon. Là où je voyais autrefois parmi les champs un terrain de jeu infini, familier et protecteur, je ne vois plus qu'une morne suite de terrains clos, de maisons semblables à quelques variations près, de rêves climatisés, dissimulés par des murets et des haies de thuyas.

Au printemps, les flaques d'eau et les fossés restent vides désormais. À leur surface luisent des reflets irisés d'hydrocarbures. Les fleurs des platebandes ne bruissent plus depuis longtemps du vol des insectes, les populations d'abeilles n'ont cessé de s'effondrer, les oiseaux aussi se sont tus et seules les tourterelles chantent à l'ombre des antennes paraboliques.

Le lotissement et la maison familiale perdurent, mais dans un monde crépusculaire, celui de l'enfance dispersée et d'une nature anéantie. Rien n'a fait irruption dans le cours réglé de nos vies. La station Mir a achevé de se désintégrer le 23 mars 2001 et ses derniers éléments se sont abîmés dans l'océan Pacifique. Il est désormais reconnu que les frontières n'arrêtent pas les nuages radioactifs mais l'impact de Tchernobyl sur la hausse permanente des cancers de la thyroïde reste à ce jour impossible à évaluer. Trente-cinq ans plus tard, le gouvernement japonais vient de décider le déversement des eaux contaminées de la centrale de Fukushima dans la mer.

Est-ce d'avoir vieilli ? Les guerres me semblent infiniment plus proches. Le réchauffement climatique n'est plus cette lointaine, improbable menace, et nul doute que nous aurons brûlé notre planète bien avant que le soleil ne la consume. 68 % des vertébrés ont disparu de la surface de la terre depuis 1970 et 43 millions d'hectares de forêt ont été détruits en seulement treize ans.

Aujourd'hui encore, mes plus grands moments de bonheur sont ceux où, dans le Gers ou en Touraine, je tombe nez à nez avec un serpent. Lorsqu'il m'arrive de le saisir, je retrouve, par la procuration du souvenir, le bonheur du petit garçon qui saisissait le serpenteau et le portait à son cou.

S'il m'était donné aujourd'hui de pouvoir parler à cet enfant-là, lui dirais-je ce que je sais aujourd'hui ? Que tout est extraordinairement fugace, que rien ne dure. Que la fin du monde n'adviendra pas dans un milliard d'années mais qu'elle se produit sous ses yeux, à l'instant même qui le voit pourchasser une couleuvre ou un lézard. Que l'érable étend déjà une ombre sur le visage de sa mère. Qu'il n'y a pas d'autre façon valable d'être au monde que de chercher à en préserver l'extraordinaire fragilité, celle des vies minuscules, des cœurs battants.

Ou me tairais-je pour lui laisser croire, encore un instant, que l'éternité est possible ?

Sonja Delzongle

Instinct

Née en 1967 d'un père français et d'une mère serbe, Sonja Delzongle a grandi riche de deux cultures. Diplômée de l'école des Beaux-Arts de Dijon, elle expose pendant une quinzaine d'années puis devient journaliste en presse écrite à Lyon, où elle vit toujours. Elle se consacre aujourd'hui à l'écriture, notamment de romans policiers, dont *Dust*, *Boréal*, *Cataractes* et *Le dernier chant*, parus aux Éditions Denoël.

À la faune africaine, merveilleuse et sauvage.

À Scarface, son roi, qui s'est éteint tranquillement à l'âge de quatorze ans dans la réserve protégée de Massaï-Mara ce mois de juin 2021.

À ce que je vécus ce jour-là.

C'est le genre de scène de la vie sauvage que l'on regarde dans des documentaires animaliers, le ventre noué, confortablement installé sur un canapé. Jusqu'à ce jour de décembre 2001, où l'une d'elles se déroula sous mes yeux, dans la réserve naturelle de Massaï-Mara, au Kenya. Notre 4 × 4 était arrêté légèrement à l'écart de la piste en tôle ondulée – c'est ainsi qu'on désigne non pas des plaques de métal assemblées, mais bien le relief gondolé d'une route de terre et de sable façonnée par le vent, les pluies et les énormes pneus crénelés de véhicules comme le nôtre – et nous avions pour consigne de ne pas en descendre, sous peine de devenir un gibier improvisé pour les grands félins de la réserve. Ne pas commettre l'erreur fatale ou l'extrême bêtise de ce Japonais qui voulut coûte que coûte se faire photographier à côté d'un lion couché dans les hautes herbes de la savane, pour finir en charpie. Cela, on ne le sut que bien après…

La nature bruissait de mille sons dans la chaleur de cette fin d'après-midi, lorsque tout s'arrêta subitement. Comme un cœur qui cesse de battre – ce que firent les nôtres. Nous nous sommes regardés, avant de scruter les alentours. Il y eut un mouvement dans les taillis en bordure de piste, d'où elles surgirent sans prévenir, silencieuses, glissant telles des ombres le long de notre véhicule. Elles étaient quatre et nous ignorèrent. Quatre lionnes. Des bêtes magnifiques, la patte souple, la peau élastique moulant les muscles de leurs cuisses et de leurs épaules telle une combinaison de plongeur.

J'eus le temps de faire un gros plan sur l'une d'elles, qui semblait être la doyenne. Plus puissante, plus imposante, la gueule déjà entrouverte sur la perspective d'un festin. Ses yeux remplis d'or et de férocité, son pelage fauve, son élégance sauvage. Je tremblais de la tête aux pieds. Non pas de peur, mais d'émotion.

Sans se regarder, dans un synchronisme incroyable, elles gravirent une petite butte et se couchèrent, face au soleil qui nous éblouissait. L'une d'elles se leva au bout de quelques instants et s'accroupit pour marquer. Chaque mouvement était mesuré, l'équilibre et l'instinct purs. Elle les avait sentis et les tenait dans son champ visuel bien avant nous. La maman buffle et son petit, à l'écart du troupeau. Proies idéales et faciles pour quatre chasseresses déterminées. Le nez au vent, humant l'air chargé d'odeurs de buffle, elles semblaient déjà se repaître de leur chair. Qu'attendaient-elles ? Sans doute le bon moment. Cet instant sacré de l'attaque, dont elles seules avaient le secret. L'instant où, sur un signal invisible de la doyenne, elles se dresseraient, alignées au sommet de leur butte, prêtes, elles commenceraient à trotter, puis, allongeant leurs foulées, se mettraient à courir en direction de la bufflonne qui s'apercevrait trop tard du danger. Il lui faudrait alors livrer un véritable combat pour la vie. Celle de son petit avant tout. Elle montrerait un exemple de courage et d'instinct maternel comme je n'en aurais jamais vu. Me laissant tout à coup si petite, insignifiante et impuissante, face à ce que l'homme appelle la cruauté de la nature et qui n'est en réalité que l'expression d'un incroyable élan vital. Pas une once de cruauté chez ces lionnes, malgré la scène épouvantable qui se profilait. Simplement la nature, sa justesse implacable et ses lois. Ce qui nous émeut autant, dans ce genre de scène, n'est qu'une projection de notre fonctionnement d'humains. Alors que nous ne sommes pas en reste pour ce qui est de la barbarie…

Faisant preuve d'une stratégie et d'une précision aussi impressionnantes que glaçantes, les quatre lionnes se déployèrent de façon à encercler peu à peu la mère et son petit. La bufflonne faisait rempart de son corps, bien faible protection contre l'habileté féline – mais à celle-ci répondait l'obstination du bovidé. Une lutte sans merci s'engagea sous nos yeux, à bonne distance, cependant assez proche pour ne rien en perdre.

Dans une valse maladroite et forcée, la pauvre mère buffle tournoyait sur elle-même, croyant défendre sa progéniture. Des coups de sabot partaient. Tête baissée, elle fit mine d'embrocher une des assaillantes avec la pointe de ses cornes. La lionne, plus rapide et sournoise, esquiva le coup, tandis qu'une autre bondissait sur la bufflonne dont l'arrière-train s'affaissa. Un instant, nous ne vîmes plus le petit. Puis, déplaçant sa masse avec effort, sa mère le dévoila à nos yeux, gisant au sol. C'en était fini de lui. Pourtant, la bufflonne se battait encore, héroïque, admirable de ténacité et de bravoure. D'un coup de corne, une lionne fut projetée en l'air, avant de retomber et de se sauver au loin. Mais déjà, une autre revenait à la charge, cette fois sur le flanc du bovin.

Le plus frappant était l'indifférence du troupeau qui, à une vingtaine de mètres de là où se jouait la vie de deux de leurs congénères, continuait à paître comme si de rien n'était. Je voulais crier, mais seules des larmes roulaient sur mes joues malgré moi. De tristesse, face au sort tragique du petit qui ne se relevait plus, autant que de fascination pour la grâce de ce spectacle. C'était sanglant, terrifiant, d'une brutalité inouïe, mais aussi d'une beauté saisissante. Une étrange corrida sans torero. Une valse effrénée dans un nuage de poussière rouge et or. Une valse à trois temps et à quatre lionnes sous le soleil brûlant d'Afrique.

Je croyais entendre, se fondant au martèlement des sabots, une mélopée lointaine remonter de cette terre du Massaï-Mara. Celle de nos ancêtres, des premiers hommes, des origines de l'humanité. Elle sourdait dans mes veines, ma bouche se remplissait de salive et de sang. Je me délectais de la chair crue que mes canines et mes griffes venaient d'arracher au flanc du buffle. Un rugissement s'échappait de ma poitrine. Le cœur de l'animal couché palpitait encore entre ses côtes bientôt à nu. Il serait pour moi. Je ne ressentais rien d'autre que cet instinct sauvage qui m'assurait la survie. Couverte de poussière écarlate, je m'écartais pour laisser la place à mes compagnes de chasse. Babines retroussées, elles finiraient de lécher la carcasse en poussant des grognements de plaisir.

Le troupeau ne réagirait-il donc pas ? Ne volerait-il pas au secours de la malheureuse et de son petit ? Les mammifères sont-ils aussi ingrats ? Eux chez qui l'instinct maternel est des plus développés… Nous en avions la démonstration sous les yeux. La bufflonne se ferait massacrer pour avoir défendu son petit jusqu'au bout. Pour avoir continué de protéger son corps inerte auquel les lionnes s'attaqueraient sans tarder.

Guettant et appelant de toute mon âme une réaction du troupeau, je n'avais pas vu le petit tomber. Juste son corps au sol. Mais les buffles, une centaine, peut-être plus, continuaient à paître, s'éloignant peu à peu de la mort. Avaient-ils sacrifié, comme souvent dans la nature, deux des leurs pour préserver le troupeau ? Occupées à terrasser la bufflonne, les quatre prédatrices laisseraient tranquille la communauté. Pour cette fois. Il était évident que c'était un garde-manger vivant et qu'elles n'auraient qu'à se servir, encore et encore. Leur stratégie d'encerclement semblait bien rodée. On ressentait déjà les frémissements de leur victoire. Bientôt, elles savoureraient la chair de leurs proies, et souffleraient. Le repos des guerrières. Et nous en ferions autant, le cœur lourd du sacrifice de la bufflonne et de son petit.

Soudain, je n'en crus pas mes yeux. Le troupeau, dont les déambulations avaient nettement creusé la distance avec la scène de chasse, s'était rassemblé et faisait face aux lionnes. Le sol se mit à trembler, l'air n'était plus que grondements, battements, frottements de peau, soufflements furieux. Je ne réalisai pas tout de suite ce qu'il était en train de se passer. Peut-être parce que c'était inimaginable. Parce qu'un miracle se produisait à cet instant. Un de ces miracles dont seule la nature a le secret. Sonnant la charge, le troupeau réuni venait de s'élancer comme un seul buffle contre les lionnes. Un assaut collectif, d'une ampleur telle que les félins parurent tout à coup minuscules et sans défense. Sans doute ne s'attendaient-ils pas à cette déferlante de puissance et de cornes pointées sur eux.

J'en avais des frissons et priais désormais pour que les quatre lionnes en réchappent. La victoire avait changé de camp. La mort suivrait. Mais les chasseuses comprirent vite qu'elles n'étaient plus en position de force et optèrent pour la fuite. L'une d'elles, peut-être la plus jeune et la moins expérimentée, dérapa et fut rattrapée par le troupeau. Au moment où l'assaut la fit décoller du sol, je crus que c'en était fini. Mais la pulsion vitale chez les bêtes est telle que, jusqu'à ce que l'animal soit étendu par terre sans vie, l'espoir reste permis. La lionne, étourdie, se releva malgré tout et s'enfuit la queue entre les pattes.

Vous faites moins les fières, pensai-je sans leur vouloir de mal. J'eus presque pitié de leur défaite, me disant qu'elles s'endormiraient le soir le ventre vide, mais mon émotion allait à la bufflonne, et à son petit gisant au sol qu'elle tentait vainement de ranimer à coups de langue et à force d'attention.

Le troupeau coursa les lionnes sur une vingtaine de mètres encore, jusqu'à ce qu'elles ne fussent plus que des points filant dans la savane. Puis tout cessa. La folle poursuite, les martèlements, les tourbillons de poussière minérale, la peur. Le danger était écarté. Le temps d'un coucher de soleil, d'une nuit. Maintenant, une mère allait devoir faire le deuil de son petit, l'abandonner aux charognards. Vautours, hyènes. Celles-ci ne manquaient pas. Nous avions déjà entendu leurs rires glaçants, le soir, autour du camp. Des rires de sorcières ou de sales gosses.

Je m'apprêtais à refermer le clapet de ma caméra quand l'un de nous se mit à crier, le doigt tendu en direction du troupeau. Regardez ! Il est vivant ! Sans doute ai-je alors assisté à l'un des plus beaux moments de ma vie. Revenant à lui, encouragé par sa mère qui lui soulevait l'arrière-train à légers coups de naseaux, le petit buffle se redressa péniblement, mais fut debout en quelques secondes, collé au flanc maternel. J'en pleurais. Abondamment, cette fois, sans pouvoir m'arrêter. Nature aussi rude que généreuse. Aussi imprévisible que fascinante. Mes mains se joignirent en un merci silencieux. Je remerciais le courage de cette mère, la magnifique solidarité animale, l'heureux destin et, plus que tout, la vie, dont tout cela fait partie.

Nous quittâmes les lieux qui avaient failli devenir le théâtre d'une tragédie sauvage, les arènes de la mort. Nous étions soulagés mais sans illusions, ce n'était que partie remise. Les lionnes reviendraient ou chercheraient d'autres proies, un autre gibier, plus vulnérable, plus exposé, parce qu'il en est ainsi, parce que la nature est une succession de tempêtes et d'accalmies, de prédations de tous types, de changements et d'adaptations, d'extinctions et d'apparitions, de morts et de naissances.

Plus tard dans la soirée, nous apprenions qu'une Américaine avait été écrasée, la nuit précédente, sous sa tente, par des éléphants attirés par la nourriture qu'elle y entreposait. Depuis qu'une bande de singes assez agiles pour les ouvrir avaient visité les nôtres, nous gardions tout ce qui était comestible dans le 4 × 4.

La rivière Mara, artère palpitante de la réserve, s'écoulait, proche de notre campement, et le ciel nocturne déroulait sa toile scintillante au-dessus de la savane. Les étoiles semblaient à portée de main tant elles brillaient avec la pureté d'un diamant. Le chœur des hippopotames s'éleva du cours d'eau. Éructations, grognements, râles, roulements. Il arrive de croire ces animaux inoffensifs. Et pourtant… Il est fortement déconseillé de se baigner parmi eux.

Nous parlâmes peu, ce soir-là. Tout ça se passait finalement de mots.

Luc Lang

L'ordre des pierres

Luc Lang enseigne l'esthétique à l'École nationale supérieure des beaux-arts de Cergy-Paris. Il est l'auteur d'une dizaine de romans, dont *Mille six cents ventres* (Fayard, 1998), récompensé par le prix Goncourt des lycéens, ainsi que d'un recueil de nouvelles et d'un récit de voyage aux États-Unis. Il a écrit des essais sur la littérature et l'art contemporain, et publié nombre d'articles d'esthétique sur l'art contemporain dans des catalogues d'exposition, des ouvrages collectifs ou des cahiers de recherche. Son dernier roman, *La tentation* (Stock, 2019), a obtenu le prix Médicis 2019.

Elle frissonne, se hâte vers ses vêtements abandonnés sur une chaise, râle de ne pas les avoir laissés à portée, ça sent la fumée de bois refroidie, une odeur de cheminée qui émane des murs et du mobilier, elle marche sur la pointe des pieds, pense sur les dalles de terre cuite marcher sur de la glace, s'en retourne à son lit, glisse ses jambes dans le duvet et commence à s'habiller. Elle roule ensuite le sac de couchage, plie caleçon long et sous-pull de laine, range le tout dans le sac à dos, fait chauffer de l'eau sur la gazinière, elle aurait préféré un feu, mais elle doit partir dans vingt minutes tout au plus. Elle verse l'eau bouillante dans un bol rempli de porridge, met dans une assiette deux parts de far breton que Rozenn a cuit la veille, elle qui dort dans la chambre attenante. Il fait encore nuit, elle est seule, affamée, elle mange à la lumière des deux bougies qu'elle a posées devant son couvert. À chaque cuillerée de flocons, épaisse et pâteuse, elle sent la chaleur envahir son torse et sa tête. Rassasiée, elle se lève, débarrasse la table, lave bol et cuillère, s'essuie les mains, croyant entendre dans la pénombre le silence cogner en elle au rythme de son pouls. Elle devine sur la gauche l'angle des deux bibliothèques et celui des banquettes couvertes de peaux de mouton, elle s'est assise là une bonne partie de la soirée, consultant ses mails et ses cartes topographiques, guettant un message, du moins une mise en garde qui ne venait pas, l'ombre des rayonnages s'étirait puis se contractait dans l'hésitation des flammes lentes. Elle vérifie son paquetage, enfile sa parka, son bonnet, ajuste le sac volumineux dans son dos, installe les deux autres, petits et légers de chaque côté de sa poitrine, met ses gants, puis sort du refuge de Baroude, refermant sans bruit la lourde porte en sapin. Le ciel est clair, parsemé d'étoiles, les crêtes alentour sont poudrées de neige phosphorescente. Ses jambes sont ankylosées, elle s'engage dans le chemin à peine tracé qui s'élève vers le col de la Géla, le thermomètre avoisine le zéro, l'air lui paraît compact, lorsqu'elle ouvre la bouche, elle inspire un morceau de froid dur et dense qui brûle la gorge et les dents. Les mollets s'assouplissent lentement, mais les cuisses restent douloureuses, les marches d'hier et d'avant-hier ont été longues, soutenues, le dénivelé important, elle était trop anxieuse, tendue, et puis elle s'était surestimée comme si elle était encore l'adolescente partie à l'estive avec le grand frère, un corps léger, des muscles élastiques, infatigables. Le chargement est lourd : tente, duvet, ravitaillement, réchaud, c'est une marche aujourd'hui dans la nuit d'avant l'aube, elle progresse le long d'un vallon encaissé, traverse un gave d'encre bouillonnant qui festonne les rochers noirs d'une écume laiteuse. Elle enjambe, saute d'une pierre à l'autre, mais elle est emportée par le poids du sac, une poussée têtue sur la nuque et dans le creux des omoplates, elle enchaîne fébrilement ses pas sur les pierres mouillées, court après son équilibre qu'elle retrouve sur l'autre rive, spongieuse, elle souffle comme un… dépose le sac, bougonne d'avoir ainsi bâclé le paquetage, agence les masses, choisissant de redisposer les choses légères, vêtements, duvet, dans le haut du sac. Elle repart, plus calme, la pente se dresse à quelque trente mètres du gave, elle gravit ce qu'elle vient de descendre sur l'autre versant, l'aube est déjà là, inondant l'horizon de nappes jaunes et mauves. Dans le pli des montagnes, la nuit pèse encore sur le milieu du ciel, mais c'est une voûte plus pâle, plus mate, les étoiles s'y consument. Elle laisse sur la gauche le col de la Géla et poursuit tout droit en pente douce au travers d'éboulis où la marche devient zigzagante.

Quand elle parvient sur la hourquette de Chermentas, il est déjà presque 7 heures, elle a soif, se retourne soudain, un sentiment de... non, elle est seule. Elle croit deviner... prend ses jumelles, oui, un groupe d'isards, au pelage brun roux, qui bondissent de roche en roche, elle sourit, s'attarde sur cette vision, le soleil, soudain rasant, les fait jaillir dans la lumière puis les emporte. Sa bouteille thermos est dans le sac sur la poitrine, à main gauche, elle se verse du thé brûlant, baigne son visage dans la vapeur qui s'en dégage, boit à petites gorgées, puis repart vers la hourquette de Héas, découvrant des gradins de roche humide et glissante où elle doit assurer chacun de ses pas. Quand elle quitte ce passage dangereux, le soleil inonde la chaîne montagneuse, elle foule maintenant un plateau d'herbe rase semé de rochers, un gazon tendre où sa marche devient silencieuse, ne laissant aucune trace. La température monte, quelques lambeaux de nuages cotonneux ornent les crêtes sur un ciel d'azur, ses jambes deviennent souples, elle ne tire plus son corps, se sent portée par le commencement du jour, comme si elle-même était dans son propre commencement. Elle allonge le pas dans la faible déclivité qui la mène vers la vallée de Héas, l'attaque du talon puis de la plante de pied foulant le sol remonte en elle, la traverse, une onde ample qui rythme sa respiration et absorbe ses pensées dans la sensation d'un enveloppement musculaire, elle avance déliée dans l'étendue ouverte, avec la masse ténébreuse du soum des Salettes sur sa droite, et la crête accidentée du pic de la Sède qui s'enflamme à l'ouest jusqu'au blanc incandescent. Elle déjeune sur un vaste rocher plat chauffé par le soleil, croque une pomme, observe aux jumelles trois rapaces de grande envergure, sans doute des vautours moines, immobiles et déployés, qui s'élèvent en larges cercles, s'appuyant sur les masses d'air chaud qui montent du plateau. Elle a remplacé le bonnet par un chapeau à larges bords sous le soleil vertical de ce début d'après-midi, elle consulte son iPhone qui ne capte décidément aucune onde, range la nourriture puis repart vers l'Aguila où elle doit de nouveau traverser des gradins rocheux. Son GPS paramétré sur une marche soutenue lui annonce un trajet de trois heures cinquante, et c'est en arrivant vers 15 heures près de la cabane pastorale de l'Aguila que le ciel se couvre, encombré d'épaisses suées noires affleurant les sommets, comme si les pics granitiques s'effritaient en tourbillons de poussière.

L'air fraîchit, elle enfile parka, gants et bonnet,

s'abrite derrière la cabane d'un courant d'air mordant, mange accroupie une poignée d'abricots secs, s'avance ensuite d'une bonne centaine de mètres... La vallée de Héas, verdoyante, se découvre, quatre cents mètres plus bas après une zone de moraine accidentée, ses enfants se seraient écriés : la vallée verte ! Elle se dépêche, craignant que la pluie ne survienne et ne rende glissants les amas de roches déchiquetées. Le sac se fait plus encombrant, s'accroche dans certains étranglements, elle doit anticiper ses appuis, s'aider de ses mains dans plusieurs passages enclavés demeurés humides, parfois moussus. Il lui faut presque une heure, elle est en nage malgré le froid qui s'insinue, le soleil a disparu derrière la montagne de Coumély. Il est maintenant baigné d'une ombre minérale profonde, elle foule enfin la pente herbeuse, aperçoit la chapelle de Héas en pierres blanches avec un toit d'ardoises grossières, rejoint le chemin de la vallée puis la chapelle dont la façade est percée d'une double porte ornée d'un arrondi de pierre ourlée. Sur le pignon, la lourde cloche suspendue au bâti ajouré est dentelée de rouille. Elle appuie sur le mentonnet qui lève la clenche intérieure, pousse avec le genou, la porte résiste puis s'ouvre en grinçant. Elle pose son sac à dos sur le seuil, entre, saisie par le froid dense qui transpire des murs et du sol. Quatre bancs de mélèze couleur miel, une table d'autel et, derrière, une croix en pied, massive, sombre, nue, qui s'élève sous la voûte. La lumière grise du jour filtre par deux fenêtres en ogive voilées de poussière et de toiles d'araignées. Elle songe au christ de l'abbaye de Saint-Ouen, à son dépouillement, elle s'assoit, s'abandonnant au lieu qui s'offre comme un refuge, demeurant là plusieurs minutes comme changée en pierre. Jusqu'à ce que le banc glacé irrigue ses cuisses, qu'elle se lève, engourdie, absente à elle-même, sortant à reculons, les yeux fixés sur l'autel. Elle tire la porte à elle, entend la clenche qui s'emboîte, un claquement sec de métal maigre, hisse le sac sur son dos et remonte l'âpre chemin. Le ciel s'est chargé d'épais nuages charbonneux, l'humidité enduit vêtements et pierres d'un voile luisant. Elle décide de passer la nuit dans une grange quatre cents mètres plus haut, vers l'ouest, où s'exténuent les dernières lueurs violines et orangées du couchant qui découpent en ombre noire la silhouette trapue du bâtiment. Le sol en terre battue est sec, semé ici et là de paille friable. Elle l'amasse, la pousse avec le pied dans un angle protégé des courants d'air, jusqu'à constituer une couche épaisse sur laquelle elle déplie natte et duvet. Elle cale le réchaud, extirpe la casserole d'aluminium, y clippe le manche, la remplit d'eau tirée d'une gourde, craque une allumette puis deux puis trois sur le grattoir de la boîte molle d'humidité, elles ne s'enflamment pas, plient et s'émiettent entre ses doigts, elle prend finalement un briquet, le réchaud s'allume, elle n'ose faire un feu de branchages, cernée de cette paille volatile, sèche comme de l'amadou. Elle tend ses mains au plus près de la flamme, approche son visage au-dessus de la casserole, les ondes de chaleur glissent sur ses joues, elle frissonne, déchire un sachet de pâtes lyophilisées qu'elle verse dans l'eau, une odeur monte aussitôt, de basilic, d'ail et de mauvais parmesan, elle dilue la poudre avec la cuillère à soupe aussi légère qu'une brindille, la poudre verte et les fusillis, pose l'assiette en couvercle sur le récipient, patiente deux minutes, la mixture se gorge d'eau, gonfle, prend l'apparence d'un plat de pâtes. Elle mange à même la casserole pour en préserver la chaleur, les exhausteurs de goût pétillent sur la langue et s'épuisent aussitôt, laissant dans la bouche la sensation fade et chimique d'une saveur approximative. Elle rince sommairement la casserole, nettoyant les bords avec la pulpe de ses doigts, fait chauffer un peu d'eau, y jette un sachet de thé vert, branche l'iPhone pour lire ses mails et consulter la météo, une seule barrette clignote faiblement dans l'angle de l'écran, le débit est trop lent, l'internet ne s'ouvre pas, le capteur mouline indéfiniment dans le vide, elle peste, branche ses écouteurs qu'elle glisse sous le bonnet dans le conduit des oreilles, sélectionne le fichier d'un *Stabat Mater*, une voix de castrat monte dans ses tympans, dilatant sa propre présence. La lampe à gaz dessine autour d'elle une sphère étroite de lumière blanche qui s'évapore en poudre grise, elle devine cinq, six mètres plus haut la solide charpente, les liteaux et les tuiles. Par le mur effondré au sud-est, elle regarde la pluie tomber, fine et gazeuse, le ciel est invisible, encombré de nuages bas qui s'agglutinent dans la vallée, la grange flotte dans une vapeur instable. Elle boit son thé brûlant à petites gorgées, sent la fatigue l'envahir, prend lampe et sac à dos, rallie sa couche, ôte ses chaussures, se déshabille, se glisse dans le sac humide et glacé, ça bruisse, elle sursaute, se fige, croit entendre des bruits de pas… Non, juste des froissements de tissus synthétiques et de paille desséchée. Elle étudie la carte IGN pour le lendemain, ses paupières s'alourdissent, sa tête oscille, elle éteint la lampe, se blottit dans le duvet, le bonnet enfoncé jusqu'aux yeux, puis sombre dans le silence ouaté, des spectres en lambeaux de nuages s'effilochant dans la grange trouée.

Lorsqu'elle abandonne son abri, la nuit est claire dans un ciel dégagé scintillant d'étoiles.

Elle poursuit son chemin vers le barrage des Gloriettes, une légère déclivité entraînant ses pas jusqu'au pont de l'Arraillé, puis le chemin remonte doucement jusqu'au lac d'une surface vernie sur laquelle s'ouvrent les couleurs fruitées de l'aube. Brouillant le miroir immobile en s'arrachant des eaux, une douzaine d'aigrettes aux ailes arquées tendent leur voilure d'un blanc de velours aux premiers rayons du soleil qui éclaboussent soudain la vallée. Elle marche à présent sur le bitume de la départementale, stationne de longues minutes le long du barrage, accoudée au rempart de béton granuleux couvert de traînées grises et verdâtres. Deux voitures stationnent sur le parking. Elle prend ses jumelles, déchiffre les plaques minéralogiques, aucune silhouette humaine ne se dessine alentour, rien qui lui semble incongru ni troublé… Elle observe aussi les abords du lac de retenue hérissés de joncs sur la rive ouest, quelques canards roux y barbotent, elle repère un héron pourpre solitaire qui plante son long bec dans l'eau, en ressort une grenouille verte au ventre jaune prise à l'abdomen entre les pointes verrouillées du bec en harpon, elle gesticule, brassant l'air de ses pattes engourdies tel un corps asphyxié, disparaissant dans le bec orangé vivement dressé à la verticale. Lui causant étrangement un spasme du diaphragme, le dessin d'une angoisse. C'est une journée aussi claire que la veille qui se dévoile dans le ciel azur, elle lâche ses jumelles et s'engage dans le chemin en pente douce qui remonte la vallée d'Estaubé au milieu de pelouses rases parsemées d'imposants blocs de schiste. Il faudrait se hâter, mais elle avance à petite allure, se sentant lasse, sans énergie, traînant son corps dans le sentier qui n'en finit plus de s'élever en larges lacets. Les repas d'hier au soir et de ce matin étaient sans doute trop frugaux, elle pensait avoir pris des provisions pour quatre jours, mais elles sont déjà épuisées, reste quelques fruits secs, un peu de tome et de pain, un litre d'eau pour tenir jusqu'au soir… Elle rallie lentement la hourquette d'Alans après avoir gravi un ensemble de gradins, la tête vide, tout entière contrainte dans l'effort respiratoire et musculaire, débouchant en haut de la hourquette sur une espèce de belvédère rocheux qui dévoile soudain le cirque de Gavarnie et la vallée d'Ossoue dominée par l'imposant sommet du Vignemale. Elle contemple l'étagement des plans, le cirque glaciaire sur sa gauche avec ses strates calcaires grises, ocres et rosées, reprend ses jumelles, scrute les étroits, essayant de percer en vain la béance noire qui ouvre sur les gorges de Saint-Sauveur, glissant ensuite sur les parois en trois étages successifs, remontant vers le sommet où se détache sur le ciel, tel un anneau brisé de roche monumentale, l'étrange brèche de Roland, le passage étroit de l'ultime combat. Elle braque à présent ses jumelles vers le centre du cirque, parcourt minutieusement le large sentier touristique menant à la vertigineuse cascade, repérant à l'approche des groupes de marcheurs avec des enfants perchés sur des ânes, aucun visage, aucune silhouette qu'elle puisse redouter…

Oui, c'était un dimanche ensoleillé, elle avait six ans peut-être, elle était avec sa sœur, sa mère, l'oncle Auguste aujourd'hui décédé, son père était à l'estive avec le grand frère, ils marchaient sur ce chemin, elle, juchée sur l'âne, emplie de fierté, cavalière chevauchant un alezan sauvage, elle sentait les flancs chauds de l'animal se mouvoir contre ses mollets, l'odeur forte du cuir et de la sueur, elle caressait l'encolure grise, sèche et fibreuse sous la paume, sa mère cheminait à son côté dans une robe fleurie, des tennis en toile légère, coiffée d'un large chapeau de paille, sa sœur courait devant, cueillait des fleurs, Valence lui disait de les cacher dans son panier, c'était interdit de… Auguste, le frère de Valence, se tenait loin derrière, il s'appuyait sur un bâton, essoufflé, transpirait sous sa casquette de jersey grise qu'il repoussait souvent sur l'arrière du crâne, s'épongeant le front avec un mouchoir blanc, poussant son ventre comme un sac lourd et encombrant, ils rentraient de la cascade. Ils choisirent une pente d'herbe rase, près d'un muret de pierres, non loin d'un ruisseau, déplièrent la nappe en tissu, sortirent du sac accroché au pommeau de la courte selle pain, salaisons, fromage et boissons, puis mangèrent paisiblement. Elle ne se souvient plus de quoi ils parlaient, l'oncle était un homme plutôt silencieux, ouvrier dans une usine de Pau, la cinquantaine, il coupait des tranches de saucisson avec son cran d'arrêt de forme courbe, une lame large et sculptée munie d'un manche en corne jaune, Pauline tissait avec de hautes herbes une sorte d'éventail qu'elle piquait de fleurs, la mère contemplait le paysage, répétant machinalement et trop souvent : c'est beau, hein ? Elle qui s'aventurait si peu en montagne, qui n'avait pas accompagné plus de trois fois son mari à l'estive, c'était en vallée qu'elle avait rencontré Aurèle, sur une place, derrière un étal, il vendait ses fromages de brebis C'est beau, hein ? Elle ne devait rien voir pour prononcer sur ce ton cette formule creuse. Elle avait prié sa mère de lui préparer de la tome entre deux tranches de pain puis était partie se promener alentour, entassant des pierres plates en équilibre jusqu'à la hauteur de ses yeux. Elle s'était approchée d'un muret écroulé, avait soulevé une large pierre, tombant à l'arrêt devant l'enroulement annelé d'un long serpent brun presque rouge, dont les paupières s'ouvraient sur un regard jaune et froid qui la glaça. Elle avait lâché la pierre, elle courait, elle volait, se précipitant vers sa mère en hurlant

Une vipère, une vipère !...

Où ça ? Dis, où ça ?

Sous la pierre !...

Mais où ? Où, tête de bois ?

Valence voulut quitter la place, tout jeter dans le sac, pêle-mêle, chercher un autre endroit, l'oncle protestait Il n'y a aucun danger, le serpent n'attaque pas, ce qu'il veut, c'est la paix ! Rien n'y fit, elle prit les quatre coins de la nappe, ficha tout en vrac dans le panier, il fallait fuir, un exode brutal et désordonné. Elle, s'éprouvait en sécurité, perchée de nouveau sur l'âne qui refusait d'avancer, Valence tirant furieusement sur le licou, levant les pieds très haut et frappant la terre du talon de peur que les serpents n'approchent Mais quelle idée aussi de soulever les pierres ! Tu peux pas laisser les choses à leur place ! T'entends ? À leur place ! Elle sourit, se souvient qu'ils n'achèveraient le repas qu'une heure plus tard à la table d'un hôtel, à l'entrée du village d'où partaient les promeneurs. Oui, laisser les choses à leur place, c'était peut-être trop tard, mais elle ne soulèverait plus les pierres...

Carole Martinez

Le sansonnet

Carole Martinez est née en 1966. Elle est l'autrice de quatre romans très remarqués, parus aux Éditions Gallimard : *Le cœur cousu*, récompensé par seize prix littéraires (dont le prix *Ouest-France* Étonnants Voyageurs et le prix Renaudot des lycéens 2007), *Du domaine des Murmures* (prix Goncourt des lycéens 2011), *La Terre qui penche* (prix de la Feuille d'or 2015) et *Les roses fauves*.

Sophie ne parle plus qu'au sansonnet, elle aime écouter et répéter ce que l'oiseau lui dit.

« Je t'aime, je t'aime, tu es si belle ! »

Sophie ne fait pas de vagues, elle ne se plaint jamais. Elle obéit à son mari.

Il lui a dit : « Tu es vieille et tu perds tout, tu n'auras plus les clés de la maison. »

Il lui a dit : « Si tu sors, tu vas te perdre, tu vas tomber, tu vas crever ! » et il le lui a répété si souvent que, peu à peu, Sophie n'est plus sortie, ni dans la rue, ni au jardin, ni même de son lit.

Il lui a hurlé bien des fois : « Tu n'as plus de tête. Dans trois mois, tu ne sais plus qui tu es ! »

Il lui a interdit d'ouvrir les volets, de peur que les gens du dehors ne les voient dans les trous du rideau de ronces et d'orties qui voile leur petit jardin, de peur qu'on ne les observe à travers les carreaux crasseux de leur maisonnette.

Il lui a dit : « Si tu m'aimes, vivons hors du

monde. Tu es mon amour, ma complice, restons cachés. Les enfants veulent nous séparer, ils sont jaloux de notre amour. Sans moi, tu n'es plus rien, mon aimée. »

Il a tourné la clé, les clés, les dizaines de verrous et il l'a isolée dans un terrier sombre tout encombré d'objets chinés dans des vide-greniers, il l'a enterrée dans une oubliette surchargée de souvenirs achetés trois francs six sous au marché aux puces, des souvenirs d'inconnus, des objets sans histoire, des trucs cassés, détraqués, pas causants, des fleurs artificielles qui ne rappellent rien à Sophie. Ses choses à elle, celles qui comptaient, ses repères, ses balises, ses valises, il les a jetées, il s'est débarrassé progressivement de sa mémoire, comme d'une vieille peau. Les cadeaux de fête des Mères, inutiles ! Les livres de sa fille, encombrants ! Les petits mots d'amour et les photos de famille, sans intérêt ! Il ne lui a laissé que trois cadres qu'elle avait cachés dans sa chambre et qu'il n'a jamais réussi à lui arracher. Il a tissé son cocon d'ombres et d'angoisses, il l'a emmurée dans la maison bancale pleine comme un œuf d'objets désaffectés, de babioles insignifiantes, de centaines de sacs en plastique, pour remplir les vides et les creux.

La voilà enterrée vivante avec le sansonnet.

Cet oiseau, il l'a enfermé avant Sophie, en un

temps où elle pouvait encore vivre au-dehors, où elle discutait avec ses voisins, où elle voyait ses enfants. Quand son petit-fils avait découvert l'oisillon tombé du nid, elle n'avait pas pu ne rien tenter et laisser la nature à l'œuvre, elle l'avait nourri, adopté, et son mari avait acheté une cage. Sophie n'avait pas réussi à le convaincre de relâcher l'oiseau grandi. Sa volonté avait déjà faibli, mais ses souvenirs n'avaient pas foutu le camp, ils n'avaient pas encore été remplacés par les histoires folles que son mari lui raconte à longueur de journée et qu'elle ne doit pas interrompre pour éviter de le fâcher, pour tenter d'esquiver les mots violents qu'il assène comme des coups, des mots qui claquent parfois sans raison et qu'elle a appris à ne plus entendre, qu'elle a appris à oublier.

Mais ce ne sont pas ces histoires-là que le sansonnet lui murmure à l'oreille, quand il vient picorer les miettes dans le nid de ses longs cheveux emmêlés.

« Ne m'oublie pas ! » lui dit l'oiseau au beau plumage lustré.

Il imite une voix qu'elle a aimée jadis et dont elle ne se souvient plus, une voix qui est devenue celle du sansonnet. Il ne parle jamais quand le mari est réveillé, il ne discute qu'avec Sophie.

La nuit, il lui conseille de s'échapper, de

gagner la forêt si proche qu'il suffirait d'ouvrir la fenêtre pour la laisser entrer, mais elle se contente de rire tout bas comme une gamine, d'un rire qui lui fait du bien, et elle s'endort dans la voix douce du sansonnet. Voilà longtemps qu'elle a renoncé au soleil, au grand air, au matin comme à la nuit, au temps qu'il fait, au temps qui passe, à ses enfants que le mari a chassés à force d'insultes et de menaces.

Il dort sur le canapé du salon et Sophie dort dans la chambre avec le sansonnet. Elle a installé l'oiseau là pour le protéger du mari qui ne supportait plus ses sifflements et voulait l'étouffer entre ses grosses mains tavelées. Il a serré le petit corps tout en plumes, comme une coquille de noix, elle l'a vu faire. Chaque fois que Sophie libère le sansonnet, l'oiseau se perche de-ci de-là dans la chambre, sur les tas d'habits sales, sur les trois photos dans leurs cadres empoussiérés, des photos d'enfants dont elle ne sait plus les prénoms, mais qu'elle embrasse tout de même et un peu de poussière reste collée sur ses lèvres.

Elle ne sait plus le mois, elle ne sait plus l'année, elle ne sait même plus vraiment qui est l'homme du canapé, mais elle lui obéit, elle est sage et douce, elle se tait et ne refuse rien. Il fait d'elle ce qu'il veut, il fait d'elle un silence, il fait d'elle son amour muet et souriant. Sophie accepte tout ce qu'il lui demande, puis elle oublie. Elle mange une fois par jour ce qu'il lui donne, peut-être plus, peut-être moins, elle oublie ça aussi, elle picore comme un oiseau, elle aime le sucré, elle aime lécher les miettes collées au bout de ses doigts, elle aime la voix du sansonnet. Aujourd'hui, c'est fête, il lui a donné un bol plein de cerises rouges et brillantes qu'il a sans doute cueillies au jardin, des cerises gorgées de printemps qu'elle partage avec l'oiseau.

« Tu es belle et je t'aime », lui dit le sansonnet avec cette voix adorable, cette voix perdue et lumineuse du temps passé.

Elle allait autrefois marcher dans les bois avec l'homme du canapé. Ils se promenaient en forêt en famille, puis rien qu'à deux, « en amoureux », disait-il quand il était d'humeur champêtre. Mais, en vieillissant, il a perdu le goût des promenades, il n'est plus à l'aise dans cet espace qu'il ne maîtrise pas. Un beau jour, il a commencé à craindre que Sophie ne lui échappât, elle s'extasiait trop devant tous ces possibles, elle aimait contempler le paysage et son mari perdait le centre, il l'a soudain détestée de jubiler ainsi, sans lui, d'éprouver une joie qu'ils ne partageaient pas, il l'a sentie comblée par cet espace sonore et parfumé et lui ne l'était pas, il restait sur le seuil.

C'est la fin de la journée et le mari dort devant la télé qui gueule. Sophie a lâché le sansonnet dans sa chambre, il vole, tout moucheté d'ombre et de reflets violets, les ailes déployées, il lui picore les doigts, il se pose sur la poignée de la porte-fenêtre, puis sur sa main, sur la poignée, puis sur sa main, sur la poignée…

« Sauve-toi », lui dit le sansonnet. Sophie rit, mais, cette fois, elle ne s'endort pas, elle se lève et ouvre la porte-fenêtre, puis pousse les volets qui grincent.

Depuis combien de temps n'a-t-elle pas vu son jardin en friche et les balançoires immobiles ? Depuis combien de temps n'a-t-elle pas vu le ciel immense ? C'est l'été ! Tout lui paraît si vaste et le sansonnet continue de lui picorer les oreilles. Sophie rit et le vent plein de parfums s'engouffre dans la pièce en agitant d'un même mouvement les voilages sales et ses mèches argentées.

Soudain, face à la maison, le cerisier tout entier frémit, s'agite, bat des ailes, le cerisier s'éparpille au ciel en un millier d'oiseaux gavés de cerises, qui y dessinent des volutes folles en piaillant, et Sophie croit entendre dans le chahut des étourneaux son prénom murmuré par une foule de voix. Le sansonnet niché dans son cou ne rejoint pas aussitôt ses frères. Comme elle, il n'ose pas encore quitter le cocon déchiré et entrer dans le monde. Ces deux-là sont enfermés depuis si longtemps que l'espace les aveugle, ils admirent le paysage à distance, ils restent au bord, sans s'autoriser encore à plonger dans cette immensité.

Le nuage d'étourneaux se densifie au ciel en une forme plus sombre, puis se dilate, puis se concentre, puis se déchire en deux masses qui s'éloignent à tire-d'aile et se rejoignent à nouveau en un organisme unique…

Quelque chose d'immense bat là-haut, un cœur, un chœur.

Sophie s'ouvre soudain, elle laisse entrer les parfums, et le vent, et la nuée d'oiseaux dans sa poitrine, elle ressent le battement, le froissement de leurs ailes dans sa cage thoracique, la croisée de leurs vols, la multitude de cœurs de ces petits oiseaux, les minuscules pulsations devenues un grand tout qui murmure, la traverse et éclipse le soleil un instant, elle disparaît aspirée par cette foule qui danse comme un seul corps, qui se démultiplie au ciel, qui s'amoncelle et se défait en continu, qui peut tout être et tout dessiner. La voilà sansonnet au centre du ballet. Ne se soucier de rien que des oiseaux voisins, prendre place dans la masse, sans même savoir ce qu'elle dessine, virevolter au ciel, se fondre en un être unique, s'abandonner comme en une gigantesque farandole, ressentir le plaisir du vol à plusieurs, le plaisir d'être un essaim, d'en jouir ensemble, attentif au mouvement de chacun, de proche en proche, attentif et abandonné à ce que danse cet être énorme que la moindre variation fait bouger et défait et détruit et reconstruit ailleurs. Elle respire, elle regarde, elle devient. « Dans trois mois, tu ne sais plus qui tu es ! » Les trois mois sont passés, peu importe !

Sophie a traversé le jardin, elle a traversé la rue pour plonger avec la nuée d'étourneaux dans les bois, elle suit les oiseaux dans le grand chêne qui leur sert de dortoir. Le géant qui se jouait du vent et voilait le soleil s'est soudain évanoui.

Quel bonheur d'être au monde !

Pieds nus dans la mousse, Sophie se perd dans cet arbre qui lui est une forêt. Dans son feuillage, la petite foule invisible s'égosille, puis l'arbre se tait peu à peu, à mesure que l'ombre gagne et que la nuit s'avance. Une fois le bataillon d'étourneaux assoupi, on n'entend plus un bruit.

L'énorme nuage plein de jactances s'est fondu en un arbre unique qui a tout avalé, même son sansonnet. Plus rien ne bouge dans la frondaison.

Dans la forêt, Sophie est sensible à tout ce qui la frôle, à la fraîcheur qui monte depuis la terre dans ses viscères. La nuit est un autre monde. Tout s'apaise d'abord, puis de nouveaux bruits gagnent par paliers, des animaux invisibles furètent alentour. Elle ne craint rien, elle se sait réconciliée, quelque chose se noue entre son être effiloché et l'arbre monde. Elle s'enracine dans le chant des crapauds qui se mettent à gueuler. « Dans trois mois, tu ne sais plus qui tu es ! » Et alors ? Elle s'en fiche. Nichée contre le chêne, elle grandit, elle pousse jusqu'à la canopée, elle plonge tout à la fois dans le ciel étoilé et dans les profondeurs de la terre, elle sent la sève monter en elle et les insectes cheminer sur son écorce rugueuse et ses feuilles de soie, elle les sent naître et mourir et se nourrir, la grignoter, elle est habitée par tant de vies, par un bataillon de sansonnets endormis, elle est tout un pays, elle grouille de sautillements muets, de chemins, de pièges, de terriers et de nids, elle fourmille de batailles. Une joie violente pointe dans chacune de ses branches. Elle est l'arbre et la forêt, toute la nuit, elle vibre, multipliée par des milliers de feuilles, une surface gigantesque, des hectares de peau pour mieux sentir les souffles se promener, la rosée se déposer, la caresse du soleil au matin, elle suit les centaines de rameaux qui dansent sous le vent et s'élèvent vers le ciel et le réseau des racines qui s'enfoncent sous la terre.

Elle sent le chêne s'élever, non pas d'un coup, à tire-d'aile, mais lentement, se tendre vers le soleil tout en creusant vers les abîmes, et toujours chercher l'équilibre entre les deux pour ne pas trop pencher, trouver l'harmonie dans un geste si lent qu'il dépasse notre propre durée, un geste puissant qui met des siècles à se déployer. Le geste de la forêt, Sophie en ressent la troublante lenteur.

Au matin, elle s'éveille et marche droit devant elle jusqu'à la plage. « Dans trois mois, tu ne sais plus qui tu es ! » Elle s'est perdue, certes, mais c'est dans cette perte qu'elle s'est retrouvée. Elle sait qui elle est, elle se souvient de ce bonheur qu'elle a toujours eu à nager vers l'horizon, à partir, si loin que sa fille, assise sur la plage, guettait sa tête, ce point à la surface de l'eau, une tête d'épingle, si loin que sa fille la fixait à la fois fière d'avoir une mère si courageuse et effrayée à l'idée de la perdre, de la voir disparaître, couler, se dissoudre, ou basculer par-delà l'horizon.

Face à la mer étale, Sophie se dénude, son corps vieilli avance sur la plage, tellement maigre et fragile dans la lumière du matin. Sa silhouette entre dans le paysage, elle ne laisse aucune trace sur le sable sec, pas le moindre sillage, son être ne pèse rien. Les vagues la caressent, c'est une grande joie de s'oublier et de sentir sa chair et son esprit avalés par le monde sauvage, un bonheur fou de se dissoudre ainsi, de perdre pied et de nager vers l'horizon, de se fondre dans cette puissante image, de devenir et la nuée d'étourneaux et la forêt et la mer.

Quelle joie d'être au monde !

Au réveil, le mari hurle le prénom de Sophie dans son antre.

Mais la cage est vide et rien ne lui répond.

Ron Rash

Kephart

Traduit de l'anglais (États-Unis)
par Isabelle Reinharez

Né en 1953 en Caroline du Sud, Ron Rash est d'abord un poète qui doit à ses lointaines origines galloises le goût des légendes celtes. Son œuvre, inspirée par la nature de la région des Appalaches où il vit et par son admiration pour William Faulkner, Jean Giono et Dostoïevski, comprend notamment cinq recueils de nouvelles, dont un traduit en français. On lui doit également plusieurs romans, dont *Un pied au paradis* (Éditions du Masque, 2009), *Serena* (Éditions du Masque, 2011) et *Un silence brutal* (Éditions Gallimard, 2019). Il est considéré comme l'un des plus grands auteurs américains contemporains.

St. Louis Globe-Democrat, 25 mars 1904

Horace Kephart gardé en observation

ARRESTATION D'UN ANCIEN BIBLIOTHÉCAIRE EN MARCHE VERS LE PONT EADS

Horace Kephart, quarante-deux ans, domicilié au 1821 Kennett Place, ayant occupé pendant quatorze ans le poste de conservateur à la bibliothèque Mercantile – poste auquel il fut remplacé le 1er février dernier par William L.R. Gifford –, a été arrêté hier à deux heures de l'après-midi. Il a été mis en observation à l'hôpital municipal en attendant une évaluation de son état mental.

La bizarrerie de son comportement, chez Marre's, un bar situé au 518 Washington Avenue, donna lieu à son arrestation. Après s'y être payé un demi, nous a-t-on rapporté, il engagea avec le barman, Edward Wase, une conversation au cours de laquelle il lui glissa dans les mains une longue lettre, écrite au crayon sur un épais papier d'emballage, et dans laquelle il exprimait son intention de se suicider. L'agent Manion en fut aussitôt averti. Après avoir suivi sur quelques centaines de mètres Kephart qui marchait le long de Washington Avenue en direction du pont Eads, le policier l'arrêta, puis appela une ambulance.

Diplômé des universités de Yale et de Cornell, Kephart est un journaliste renommé.

Dans sa folie, Kephart était convaincu que deux de ses plus proches amis étaient en réalité des ennemis diaboliques. Sur les docks et dans de sombres ruelles, ceux-ci avaient recruté des tueurs pour venir l'assassiner en pleine nuit. Il les avait entendus tenter de forcer sa fenêtre et tourner la poignée de sa porte afin de s'introduire chez lui. Ils savaient qu'il était seul, sa femme et ses enfants ayant quitté St. Louis pour aller vivre à New York. Kephart était resté debout jusqu'au petit matin, parlant haut et fort, criant parfois, afin qu'ils sachent qu'il ne dormait pas. Leur plan étant tombé à l'eau, ses ennemis l'attirèrent alors dans une cabane isolée et engagèrent toute une bande de criminels pour grimper sur le toit et précipiter de la dynamite par la cheminée. Mais Kephart vit les assassins arriver à travers champs alors même que les autres occupants des lieux lui juraient que dehors il n'y avait personne. Après l'échec des tueurs à gages, ses ennemis comprirent qu'ils devraient se charger eux-mêmes de l'éliminer. Les deux hommes avaient inventé une batterie et un émetteur spéciaux qu'ils avaient l'intention de présenter, cette année-là, à l'Exposition internationale de St. Louis. Ce que Kephart ignorait encore, c'était qu'ils allaient améliorer le dispositif en branchant la batterie sur son corps. L'ayant jeté à terre, ils remontèrent sa manche et se servirent d'aiguilles hypodermiques pour lui injecter du sel dans les veines et optimiser ainsi l'efficacité de l'appareil. Ensuite ils placèrent un émetteur tout au fond de son oreille. Une fois la batterie mise en marche, des voix s'adressèrent à lui jour et nuit, ne lui laissant jamais le loisir de dormir. Même l'alcool ne parvenait pas à en modérer le son. Sans l'intervention d'un policier, il se serait jeté dans le vide. Lorsqu'il fut admis à l'hôpital, ses ennemis posèrent leur machine sur le trottoir, sous ses fenêtres, et augmentèrent le courant jusqu'à 230 000 ampères, suffisamment pour atteindre le lit dans lequel il était couché.

Un cerveau surmené. Tel fut le diagnostic des médecins. Quand notre homme fut enfin autorisé à quitter l'hôpital, les belles promesses de l'étudiant qu'il avait été à l'université, ses années passées à la bibliothèque de Yale avant de s'établir à St. Louis, n'avaient plus de sens. Il était âgé de quarante-deux ans et sa vie n'était plus qu'une luxuriante pâture dont se repaissaient les journaux.

Il avait commencé à explorer des lieux sauvages à l'adolescence, bivouaquant et randonnant dans les Adirondacks, tout au nord de l'État de New York. Lorsqu'il avait été nommé conservateur de la bibliothèque de St. Louis il était parti camper dans les bois environnants, et avait ainsi acquis suffisamment de connaissances pour publier des articles sur la forêt dans des magazines nature. Il avait eu besoin de ces parenthèses dans son travail de bibliothécaire, dans la bousculade et la clameur de la vie urbaine, dans un mariage qui battait de l'aile. Mais, finalement, de simples parenthèses n'avaient pas suffi.

Pour se trouver lui-même, il fallait qu'il aille où l'on ne le trouverait pas. Plus tard, lorsqu'il conduirait la bataille pour créer le parc national des Smoky Mountains, il écrirait : *Je voulais sauver ces montagnes parce qu'elles m'avaient sauvé.* Mais ce serait plus tard. Quand on le laissa sortir de l'hôpital, il rechercha la solitude des forêts. Il étudia une carte topographique de l'est des États-Unis, à la recherche des espaces vierges et des courbes de niveau indiquant la région la moins habitée, les Smoky Mountains de l'ouest de la Caroline du Nord et de l'est du Tennessee. Cela fait, il prit le train pour Dillsboro, en Caroline du Nord. Ensuite il poursuivit son voyage, d'abord en empruntant des routes, puis des sentiers, pour finir par ne suivre qu'un petit cours d'eau qui allait en se resserrant jusqu'au plus profond des bois. Il avait emporté pour tout bagage une tente et un traîneau chargé de vivres. Il installa son campement à côté du ruisseau, planta sa tente.

Pendant trois mois, il resta là. Non loin de son campement le ruisseau devenait plus lent et plus profond. Jamais Kephart n'avait vu une eau si pure, si limpide. En Inde, avait-il lu, on installait les personnes à l'esprit malade au bord des rivières afin que le bruit du courant les aide à recouvrer la raison. Lui s'endormait et se réveillait au son des rythmes changeants de l'eau. L'insomnie dont il avait souffert pendant des années s'atténua. Tout ce que la nature sauvage lui demandait, c'était d'écouter.

Et de voir. Lorsqu'il plongeait son regard dans les plans d'eau, il distinguait chaque petit caillou reposant sur les bancs de sable. Quand le soleil de midi brillait sur les flots, des éclats de mica faisaient étinceler le sable blanc. La clarté de l'eau pénétrait son esprit. Les hallucinations cessèrent ; la mélancolie commença à se dissiper. Un jour, en début d'après-midi, dans l'eau il vit son visage. Non pas un reflet, mais plutôt une fusion, l'union parfaite avec le ruisseau, les forêts, les montagnes. Il apercevait parfois des truites mouchetées. C'étaient les plus beaux des poissons – avec leurs flancs tachetés de vert, de rouge et d'or, leurs nageoires orange qui ondoyaient. Ces truites étaient petites, fragiles, incapables d'habiter ailleurs que dans l'eau la plus pure. Que ressentait-on à vivre dans un tel état d'apesanteur ? se demandait-il.

Les jours passèrent, et les semaines. Il gagna en force, à la fois physique et mentale. Au fil de ses explorations et de ses observations, les bois lui devinrent si familiers qu'il n'eut plus besoin de boussole. Plutôt qu'une montre, le soleil et les ombres lui indiquaient quand il devait rebrousser chemin, retourner à son campement avant que la nuit tombe. À l'inverse du monde qu'il avait fui, ici secondes et minutes n'importaient plus. La conscience du *temps* n'était-elle pas en grande partie ce à quoi il s'était dérobé, cette façon dont elle poussait si souvent son esprit à se laisser hanter par les regrets passés ou les craintes à venir ? La torpeur qu'il avait recherchée dans l'alcool n'était-elle pas une tentative d'échapper à cette conscience-là ? En plein jour il parvenait à croire qu'il se dépouillait du passé comme un serpent se dépouille de sa peau.

Mais certaines nuits les anciens tourments resurgissaient. Le clapotement de l'eau ne suffisait plus. La clarté froide de la lune, le hululement d'une chouette devenaient inquiétants. Alors il éprouvait une profonde solitude ; il ne parvenait pas à se débarrasser d'un besoin humain aussi profondément enraciné. L'aube arrivait et avec elle le désespoir s'évaporait, comme la rosée, mais Kephart se surprenait à rechercher la compagnie d'autrui. Il en vint à connaître deux ou trois des familles dispersées qui vivaient elles aussi dans ces montagnes. Il se rendait quelquefois au village, recevait même des visiteurs dans son campement. Quelquefois seulement.

Au fil des jours, des sens dont il ne se savait pas doté s'éveillaient. Un après-midi qu'il marchait dans les bois, un arbre tombé à terre se retrouva en travers de son chemin. Il s'apprêtait à l'enjamber, avait déjà un pied en l'air, quand une impulsion atavique le retint. Il resta immobile quelques instants, sans trop savoir ce qui s'était passé. Ce qui l'avait arrêté, il ne l'avait ni vu, ni entendu. Il tendit encore un peu l'oreille, n'entendit rien, ne vit rien. Puis il contourna l'arbre, sans l'enjamber, pour découvrir ce qu'il y avait à l'endroit où il aurait posé le pied. Et il l'aperçut, corps noir satiné lové sur lui-même, tête en forme de flèche, queue arrondie qui crépita une fois avant de se figer. S'étant déroulé, le serpent disparut dans les broussailles.

Un autre après-midi, alors qu'il passait sous une falaise, il se sentit observé. Comme pour le serpent à sonnette il marqua un temps d'arrêt, ne vit rien et n'entendit rien. Il reprit sa marche sans pour autant que la sensation d'être surveillé disparaisse. Deux fois encore il s'arrêta, se retourna, mais ne vit rien. La troisième fois, ayant regardé en l'air et non derrière lui, il aperçut le couguar perché sur un éperon rocheux. Le félin agita trois fois sa queue terminée de noir avant de se détourner. Quelle somme de connaissances, mais aussi d'ouverture au monde, avons-nous bien pu perdre ? se demandait-il au sortir de pareils moments. Que découvririons-nous de plus en nous-mêmes si nous étions pleinement attentifs à ce qui nous entoure ?

Au bout de trois mois, le froid arriva. Kephart partit s'installer dans une cabane abandonnée, en un lieu encore plus isolé. Il en ferait son logis pendant trois ans. Il s'en absentait pendant des jours d'affilée, effectuait le long trajet jusqu'au village voisin en suivant Hazel Creek. Il écrivait et publiait des articles sur la région sauvage environnante. D'autres fois, il partageait sa cabane avec des visiteurs de passage. Il ne s'était jamais considéré comme un ermite, mais la plupart de son temps il le passait dans la solitude. Les hallucinations ne reparurent pas, il arrivait pourtant qu'il fût encore en proie à la mélancolie, et pas uniquement la nuit.

Par un matin d'automne, il tombait une pluie douce ; le brouillard enrubannait les arbres. Kephart n'avait pas encore vécu assez longtemps dans ces montagnes, comme ce serait le cas plus tard, pour que ces intempéries le réconfortent. La grisaille l'avait poussé à l'introspection, ramenant à la surface les tourments qu'il était venu fuir en ces lieux. Malgré le mauvais temps il quitta sa cabane et suivit le ruisseau dans l'espoir que bouger l'aiderait à apaiser ses pensées. La pluie diminua, puis s'arrêta. Le brouillard s'effilocha et se dissipa. Kephart traversait un bosquet de peupliers quand telle une mèche de lampe à huile que l'on monte les feuilles jaunes s'illuminèrent et le monde, baigné de lumière dorée, miroita. L'air était saturé d'humidité et il sentit son cœur se gonfler, une sensation bien au-delà des mots, *révérence* étant le seul qui eût pu s'en approcher. Mais ce matin-là toute tentative pour définir cette sensation au moyen du langage avait semblé un acte tellement pitoyable, tellement humain. Alors qu'il finirait par consacrer tout un livre à ces montagnes, décrirait en détail la vie de la faune et de la flore, célébrerait la beauté virginale du paysage, il y avait des moments tels que celui-ci qu'il ne jetterait jamais sur le papier.

Ses détracteurs, d'hier et d'aujourd'hui, l'ont traité de romantique, avec raison. Il avait lu Pétrarque, Wordsworth et Thoreau, il avait appris d'eux et s'en était inspiré. Mais il ne se voyait pas comme un sentimental. Ce qui, en partie, l'avait amené ici, c'était la volonté de vivre dans un monde où la comédie n'avait pas cours. Arrogance et vantardise n'impressionnaient pas la Nature. Elle ne tolérait pas les imbéciles. Un pas imprudent au-dessus d'une cascade précipiterait vers sa mort le riche comme le pauvre, le puissant comme le faible. Ni pot-de-vin ni supplication ne pourraient rien y changer. La Nature ne pouvait être corrompue par les humains, mais les humains détruisaient souvent ce qu'ils n'étaient pas en mesure de corrompre.

Un après-midi d'été il remonta à la source du ruisseau qui coulait à côté de sa cabane, puis grimpa encore plus haut jusqu'à n'avoir plus rien d'autre que le ciel au-dessus de sa tête. Il contempla les monts et les vallées alentour, le vert émeraude des crêtes les plus proches, le bleu voilé des montagnes à l'horizon. Mais il vit aussi autre chose, de la fumée montant d'un campement de bûcherons. Il savait ce qui viendrait ensuite, le fracas des haches et des scies, suivi du vacarme d'une locomotive amenant davantage d'hommes, de haches et de scies – une contrée sauvage, enchaînée à des wagons plats, que l'on emporte au loin. Des montagnes entières scalpées, les souches des arbres abattus pareilles à des pierres tombales. Les ruisseaux souillés, les poissons morts figeant les bas-fonds.

Il avait déjà assisté à une telle dévastation dans les Black Mountains voisines, où il n'était plus rien resté qu'un désert de souches et de silt. C'était ce qui se produirait bientôt ici à moins qu'on n'y mette le holà, c'était ce qui se produisait déjà. Quand débuta l'exploitation du bois à Hazel Creek, Kephart fut contraint d'abandonner sa cabane et d'emménager dans une pension de famille sur le flanc est de la zone sauvage. Il s'associa à d'autres personnes conscientes de ce qui était sur le point de se perdre. À l'instar de John Muir, qui avait reçu le soutien de la nation tout entière pour créer le parc national de Yosemite, la coalition se chercha des alliés dans les Smokies mais également ailleurs. Bien que Kephart continuât de disparaître dans les bois, y campant parfois pendant des semaines, il consacrait le plus gros de son énergie à aider à sauver la dernière grande forêt de l'Est. Il écrivit des lettres et des articles, se rendit à Washington. Ce que ni lui ni d'autres ne purent accomplir par les mots, son ami George Masa y parvint grâce à des photos représentant à la fois les forêts qui avaient été détruites et celles qui le seraient sous peu. D'un bout à l'autre de la nation, les défenseurs de la nature se rallièrent à ce combat. Des journaux de Caroline du Nord et du Tennessee se mirent au service de la cause.

Mais l'industrie du bois avait elle aussi ses défenseurs. Les attaques contre les plus connus des partisans du parc se firent personnelles. Kephart fut accusé publiquement d'être un bolchevique, un pervers sexuel, un profiteur venu du Nord, un opiomane, un ivrogne, un homme ayant abandonné femme et enfants. À cause de son ascendance japonaise, on accusa Masa d'être un étranger. On chercha même à l'expulser. Les exploitants forestiers tentèrent de menacer les hommes politiques qui étaient en faveur du parc, de leur verser des pots-de-vin, et arrivèrent parfois à leurs fins. Il y eut aussi des menaces de mort. Les réunions publiques débordaient d'une violence larvée. À plusieurs reprises, il sembla que l'industrie du bois ait gagné la partie. En 1920, Kephart écrivit à un ami qu'il n'y avait plus d'espoir. Dans ces moments-là, sa mélancolie s'aggravait. Il redoutait le retour de la folie.

Mais chaque fois que tout paraissait perdu, une aide capitale surgissait. Dans les écoles, les enfants offrirent leur argent de poche. John D. Rockefeller fit un don de cinq millions de dollars. Les photos de George Masa persuadèrent Grace Coolidge, la première dame, de se rallier à la cause. Les gouverneurs du Tennessee et de Caroline du Nord se chargèrent d'être les porte-parole du parc dans leurs États et à Washington. Dans leurs journaux, à Knoxville et Asheville, des rédacteurs en chef multiplièrent les éditoriaux. L'opinion publique devint massivement pro-parc, même après le krach boursier qui plongea le pays dans la dépression économique.

Aujourd'hui, nous sommes le 2 avril 1931. Deux mois plus tôt, Kephart s'est rendu à Washington en compagnie des gouverneurs Horton et Gardner pour remettre au secrétaire à l'Intérieur les actes notariés des terres acquises. Soixante-quinze mille hectares seulement, cent cinquante mille de moins qu'il n'était nécessaire pour obtenir le statut officiel de parc national, mais c'était suffisant pour contenter le service des Parcs nationaux. On y arrivera, avait-il alors pensé, même s'il nous faut encore un an ou deux avant de signer les derniers actes de cession.

Un petit coup frappé à sa porte interrompt sa rêverie.

M. Kephart, votre ami vous attend au salon, lui signale sa logeuse.

Dites à M. Tarleton que j'arrive, répond-il.

Plus tôt dans la journée, convaincu de la réalité désormais inéluctable du parc, ce dernier l'a félicité. Mais l'enveloppe que Kephart tient à la main, arrivée au courrier de l'après-midi, laisse clairement comprendre que tout le monde ne partage pas cet avis. *Kephart, retourne à St. Louis dans ton asile de fous sinon on te tuera*, l'avertit le mot menaçant qu'elle contient. Une coupure de journal l'accompagne, datée du 25 mars 1904. *Horace Kephart gardé en observation*, annonce le gros titre. Les entreprises d'exploitation forestière et leurs sbires n'ont pas encore abandonné la partie. Kephart remet la coupure de journal et le mot dans l'enveloppe. À St. Louis, son esprit malade l'avait convaincu de l'existence de toutes sortes de complots ourdis pour le supprimer ; à présent, le bon sens le persuade de ne pas tenir compte de l'avertissement. Mais préconiser la création du parc a déjà donné lieu à de pareilles manœuvres d'intimidation, envers lui et quelques autres.

En septembre, il aura soixante-neuf ans. Jamais il n'aurait cru vivre aussi vieux. Pourtant ses rides et ses cheveux gris attestent de son âge. Il souffre de rhumatismes aux genoux et au dos. Les décennies passées à randonner et à camper en sont sûrement plus ou moins responsables. S'il peut encore entreprendre des marches plus longues que beaucoup d'hommes deux fois plus jeunes que lui, il sait que ces maux pourraient bientôt le contraindre à limiter ses équipées en forêt. Mais si un jour il se retrouvait confiné dans cette pièce, il pourrait regarder par la fenêtre et voir les montagnes, dont l'une a été récemment nommée Mount Kephart.

Il pense à la cabane de Hazel Creek. Quand le parc sera complété, ni lui ni personne d'autre ne l'habitera plus. Il se plaît à imaginer la nature reprenant possession des lieux. Un jour viendra où le terrain lui-même aura oublié l'existence de cette cabane. Les cicatrices laissées par l'industrie du bois se seront alors refermées. Même la voie ferrée rouillera. L'enveloppe contenant la coupure de journal et la lettre de menaces est toujours dans sa main. Il la déchire, laisse tomber les deux morceaux dans la poubelle.

Je voulais sauver ces montagnes parce qu'elles m'avaient sauvé. C'était une déclaration grandiloquente. Certes, elles l'avaient sauvé, mais d'autres en avaient payé le prix, à commencer par sa femme. Quant à ses enfants, ils ne sont plus désormais que des inconnus. *L'altruisme est immanquablement un moyen de dissimuler ses propres échecs*, lui avait lancé l'épouse d'un magnat du bois trois ans auparavant, lors d'une réunion publique. Ces paroles le hantent. Et malgré tous ses discours sur les pouvoirs de guérison de la nature, il n'a jamais pu réprimer sa soif d'alcool. Il y a toujours des périodes où il boit jusqu'à en perdre conscience.

Ce soir aussi, peut-être. Il sort sa montre de gousset, la consulte. Il est bientôt l'heure d'aller retrouver son ami Tarleton. Ils ont engagé un chauffeur qui les conduira chez un bootlegger. Ce soir, ils vont boire. Si, comme de coutume, demain matin il se sent vaseux, il restera au lit presque toute la journée pour récupérer. Mais en fin de semaine il aura tout de même retrouvé assez d'énergie pour accompagner George Masa en randonnée. Il a une surprise pour George. Au printemps dernier, alors qu'il marchait seul, il a découvert un coin où poussent des clochettes d'Oconee. On n'en trouve nulle part ailleurs dans le monde, à part ici et dans quelques comtés voisins. Et même ici elles sont d'une extrême rareté. Depuis le temps qu'il vagabonde dans ces montagnes, il n'en avait encore jamais vu avant le printemps dernier. L'époque de leur floraison étant revenue, les fleurs blanches émergent des feuilles glabres d'un vert sombre. À l'âge qu'il a, quel miracle d'avoir enfin pu en voir !

Il se lève, prend la clé avec laquelle il fermera sa porte et dont il n'aura plus jamais besoin.

ÉPILOGUE

Dans la nuit du 2 avril 1931, Horace Kephart et son ami Fiswoode Tarleton périrent dans un accident de voiture. Le chauffeur survécut mais donna des explications contradictoires sur ce qui s'était passé. Le corps de Kephart fut découvert à plus d'une dizaine de mètres de l'automobile. Cause de la mort, fracture des cervicales. Le 2 septembre 1940, Franklin D. Roosevelt dédia le parc national des Great Smoky Mountains « au plaisir permanent de la population ».

Jean-Christophe Rufin

Mont-Blanc :
la mort lente

Médecin, engagé dans l'action humanitaire, Jean-Christophe Rufin a occupé plusieurs postes à responsabilités à l'étranger, notamment celui d'ambassadeur de France au Sénégal. Nourrie par son expérience internationale, son œuvre littéraire comprend notamment *Rouge Brésil* (Éditions Gallimard, 2001 ; prix Goncourt 2001), *Le collier rouge* (Éditions Gallimard, 2014), *Check-point* (Éditions Gallimard, 2015), et la série des *Énigmes d'Aurel le Consul* (Éditions Flammarion). Son écriture vivante, pleine de suspense et d'humour, a séduit un large public tant en France qu'à l'étranger où ses livres sont traduits. Il a été élu à l'Académie française en 2008.

L'hélicoptère remonte lentement la gorge verdoyante. Un couvert de mélèzes et d'épicéas borde les parois de rochers blonds. La montagne est plus belle que jamais sous le soleil d'août. Pourtant, cette beauté est trompeuse. Car, en ces lieux que la végétation recouvre aujourd'hui, s'étendait hier encore le glacier d'Argentière. C'est sur son lit désormais vide que pousse le tapis végétal.

L'appareil poursuit son ascension et survole des falaises lisses, fraîchement dégagées par le recul des glaces. Plus haut encore, on distingue enfin le front du glacier survivant. C'est un chaos de séracs suppliciés par la chaleur et souillés par les cailloux noirs de la moraine. On comprend soudain que cette vision somptueuse est celle d'un désastre. La montagne, dans l'indifférence générale, souffre et meurt.

Pourtant, nous avons besoin des montagnes.

Nous tous, même ceux qui les craignent ou qui les fuient. Car elles sont les témoins des origines du monde et le seul moyen qui nous soit donné pour y retourner. Avec leurs cascades de rocs, leurs furieuses lames de glace, leurs ombres et leurs brumes, les hautes montagnes offrent au marcheur et à l'alpiniste des visions d'éternité.

Voilà pourquoi leur altération, sous nos yeux, nous renvoie un écho terrible : celui de notre propre finitude. Nos civilisations se savaient mortelles : elles comprennent désormais qu'elles peuvent entraîner la nature dans leur chute.

Les médias vont souvent chercher au bout du monde les images du changement climatique. Tout cela nous émeut et c'est tant mieux. Le spectacle de ces événements recèle pourtant un danger : celui de considérer que ces réalités sont lointaines, que nous pourrions rester à l'écart de ces drames.

Mais ici, dans les cinq vallées qui entourent le massif du Mont-Blanc, la tragédie ne se joue pas dans un décor exotique. Le doute n'est plus possible : aucun endroit du monde n'est à l'abri. Pour prendre la mesure du phénomène, il ne faut pas rester enfermés dans les vallées. On doit monter, aller au contact de la montagne pour la sentir. L'alpinisme est un moyen privilégié pour comprendre les réalités climatiques. Il permet littéralement d'éprouver les transformations de la montagne.

Ainsi par exemple, le tragique destin de la voie Lépiney au Trident du Tacul. J'ai eu le bonheur de la gravir avec mon fils à l'été 2016. Ce bel itinéraire classique suivait un cheminement astucieux, en écharpe autour de l'aiguille. Hommage à l'audace, à l'imagination et à la ruse des humains, cette voie, ouverte en 1919, semblait devoir durer toujours. Or, le 25 septembre 2018, un éboulement spectaculaire a emporté la Vire du Trident. J'imagine que le pauvre Jacques de Lépiney a dû ressentir le choc jusque dans sa tombe. Lui, le Parisien, l'as des rochers de Fontainebleau, le promoteur de l'escalade en espadrilles, pensait sans doute que cette voie assurait à son nom une célébrité éternelle. Elle aura pourtant disparu à la veille de son centenaire.

Walter Bonatti, lui aussi, avait la conviction que son nom s'inscrirait à jamais dans la pierre. Il avait signé en solitaire, en août 1955, la première ascension de la vertigineuse paroi sud-ouest du Petit Dru. Las, le pilier de granit, monument aux dimensions colossales et à la solidité en apparence absolue, s'est effondré en juin 2005. Bonatti a eu le douloureux privilège de survivre à son pilier. Ainsi va le massif du Mont-Blanc : le granit, qui est la matière des tombes, est parfois plus fragile que les êtres humains qu'il est destiné à ensevelir.

Longtemps, j'ai été un de ces grimpeurs intuitifs qui sont incapables d'expliquer leur passion. Pour paraphraser le grand alpiniste George Mallory, je disais que j'escaladais les montagnes « parce qu'elles sont là ». Le changement climatique a modifié ma vision des choses. Je dirais aujourd'hui que je les gravis « tant qu'elles sont là ». Partout des éboulements se produisent, favorisés par des étés caniculaires. La montagne souffre sous les deux espèces de la glace et du roc. Les glaciers fondent à l'œil nu. Dès que le maquillage de neige disparaît, les reliefs glaciaires laissent paraître leur grimace tragique. Devant chez moi, les pauvres glaciers qui dégringolaient naguère, comme un rideau blanc ourlé de séracs tendu sur la crête des dômes de Miage, ne sont plus que des guenilles sales, striées par les chutes de pierres. Ce recul des glaciers laisse des traces jusque dans les mémoires humaines. Les plus anciens se souviennent d'avoir fait leur « école de glace » sur le glacier des Bossons. On l'atteignait en quelques pas à partir du parking. Il a reculé si loin aujourd'hui qu'on aperçoit à peine son front de séracs depuis le bas. Ainsi les êtres humains ont désormais la troublante impression d'être plus vieux que les glaciers, de les avoir vus changer et de devoir assister un jour prochain à leur complète disparition.

Cette inversion de l'ordre naturel des choses est encore plus évidente avec les aiguilles de roc. Tout l'effort des humains depuis les débuts de l'alpinisme a consisté à apprivoiser ces désordres de pierres en leur donnant des noms, en y traçant des itinéraires. Ces combes maudites, ces arêtes hérissées, ces faces austères sont devenues le jardin des hommes, le conservatoire de leurs rêves et de leurs victoires, le tableau en relief de leur orgueil. En inscrivant leur nom sur cette indestructible matière, les humains ont cru dépasser leur triste condition de mortels. Or, voici que, pan par pan, ces gloires s'éboulent, roulent dans la pente et finissent en poussière. Ces phénomènes, diront certains, ont toujours existé. Les alpinistes, et plus encore les villageois des vallées pratiquant la chasse au chamois ou la recherche de cristaux, savent que la montagne est vivante. Elle s'éboule, se transforme. Les anciens gardent le souvenir de lointaines époques où les glaciers descendaient bien plus bas, mais aussi de temps reculés où ils avaient tant fondu qu'en Valais on pouvait passer à pied sec le col du Théodule au pied du Cervin. La nouveauté, en effet, n'est pas dans les phénomènes eux-mêmes mais dans leur rythme, dans leurs causes et dans leurs conséquences.

Leur rythme, à l'évidence, s'accentue. Les médecins de la nature que sont les glaciéristes auscultent en permanence ces fleuves gelés et en observent les mouvements. Leurs conclusions sont concordantes. Certes les évolutions glaciaires sont locales et parfois paradoxales (certains glaciers peuvent même s'accroître). Reste que se dégage une tendance d'ensemble : la fonte régulière du volume glaciaire, comme en témoigne le spectaculaire recul de la mer de Glace. Plus inquiétant encore, le permafrost, ce « ciment des montagnes », fond et les blocs de granit finissent par se déliter. Les piliers s'effondrent, les arêtes s'ouvrent comme des éventails… Les glaces récentes ont fondu et celles qui apparaissent maintenant datent de plusieurs milliers d'années. Ce sont en somme de véritables monuments historiques qui se dégradent, comme si le Colisée de Rome tombait en poussière sous nos yeux.

L'autre nouveauté est que ces phénomènes ne sont plus seulement « naturels ». Ils sont pour une grande part la conséquence de l'activité humaine. L'accroissement prévu des températures fera sentir ses effets de façon décuplée en montagne. Le facteur humain a emballé les cycles naturels et précipité les changements à un rythme jamais vu. Reste à souhaiter que cette accélération, en permettant aux humains de percevoir directement ces changements, les fasse réagir pendant qu'il en est encore temps.

Les activités humaines, en exerçant leurs effets dévastateurs sur la nature, sont en train de se retourner contre elles-mêmes. L'homme conquérant, propriétaire sans scrupule de la planète, a généré lui-même de nouveaux dangers et de nouvelles limites à son ambition prométhéenne. Dans l'espace alpin, un des effets les plus immédiatement perceptibles est la fragilisation des grandes installations, telles que les trains à crémaillère ou les téléphériques. Le train du Montenvers comme l'aiguille du Midi font l'objet d'une surveillance étroite. De même, le nouveau refuge du Goûter, posé en équilibre sur une crête glaciaire, suscite l'inquiétude. Les spécialistes se veulent rassurants et des travaux réguliers de maintenance sont effectués. La prudence reste néanmoins de mise.

Cependant, il est évident qu'après le temps des conquêtes, l'époque héroïque de l'après-guerre où l'homme tendait des câbles au sommet des montagnes comme on jette un licol autour de la tête d'un cheval sauvage, l'ère de la retenue et du doute est venue.

Tout a été fait pendant plus d'un demi-siècle pour retirer à la montagne le goût de tragédie qui l'avait longtemps accompagnée. Ce fut l'ère du « fun » et de la glisse. Des discothèques en plein air et en plein jour polluent les sommets de leurs nuisances visuelles et sonores. On a feint de croire que la montagne domestiquée, soumise, pouvait n'être qu'un décor pour les folies humaines.

Aujourd'hui, c'est la tragédie qui revient. La montagne secoue son joug. Elle fait de nouveau peur. On aurait tort de penser que cela la rend moins belle. En réalité, elle n'a jamais cessé d'être tragique. L'artiste Josée de Vérité est bien placée pour le savoir, elle qui depuis trente ans arpente le glacier des Bossons pour y recueillir les témoignages matériels et humains des drames qui s'y sont déroulés. Elle façonne ces objets et en fait de saisissantes sculptures. Par ce subtil passage de la mort à l'espoir, de la tragédie à la beauté, elle nous conduit vers la véritable grandeur de la montagne. Celle d'un monde qui nous dépasse et qui risque de nous faire payer au prix fort les outrages que notre ivresse de puissance lui a fait subir.

Monica Sabolo

La pieuvre

Après avoir participé à plusieurs projets de protection de l'environnement, parmi lesquels la sauvegarde des tortues maritimes en Guyane avec WWF, Monica Sabolo commence une carrière de journaliste. En 2000, elle publie *Le roman de Lili* (JC Lattès, 2000). Suivront plusieurs romans à succès, dont *Tout cela n'a rien à voir avec moi* (JC Lattès, 2013 ; prix de Flore 2013), *Crans-Montana* (JC Lattès, 2015 ; Grand Prix de la Société des gens de lettres 2015) et *Éden* (Éditions Gallimard, 2019).

Chaque été, mes parents et leurs amis louaient le bateau d'Ignacio, un pêcheur qui nous emmenait naviguer autour des îles Baléares. Nous, les enfants, avions la sensation de partir pour une odyssée, surtout car Ignacio avait une casquette à galons dorés et une chemise ouverte sur un torse couvert de poils blancs bien plus large que celui de nos pères. Le matin, nous embarquions, fébriles, et nous précipitions dans la cabine du capitaine pour le regarder manœuvrer son navire, une main sur le gouvernail, l'autre tenant une cigarette, ou un crabe vivant qu'il agitait sous notre nez. Le soir, lorsque nous retrouvions la terre ferme, nous tanguions, ivres de vent, de soleil et de grands espaces.

J'étais la plus pâle et la moins physique de la bande, la seule fille aussi. Les garçons se tenaient à l'avant, en plein soleil, une main sur le front, guettant les dauphins, comparant leurs muscles en pliant le bras, ou sautant du toit du bateau, tandis que je me planquais à l'ombre, enroulée dans une serviette, en mâchouillant un sandwich de pain de mie. J'étais une petite fille fantomatique, qui vivait dans sa tête et redoutait le réel presque autant que les garçons. Eux semblaient tout à fait à l'aise en ce monde, même si leurs bras bandés ne dessinaient qu'une bosse minuscule.

Pour d'obscures raisons, Ignacio avait décidé que je serais sa disciple. Durant les manœuvres, il me tendait les cordes d'amarrage avec autorité – j'avais le plus grand mal à les maintenir mais souriais bravement. Chaque jour, il m'appelait pour me montrer ses dernières prises enfermées dans le bac réfrigéré qui trônait sur le pont, tel un coffre au trésor en plastique orange. Il m'avait offert des fragments de corail rouge, une conque rose pâle et une coquille d'oursin de la taille d'un melon. Il avait apporté un grand album dans lequel étaient consignées les photographies de ses trophées les plus spectaculaires : mérous géants, murènes aux gueules terrifiantes, thons grands comme lui et même un requin blanc, qu'il nous dit avoir pêché dans une crique peu profonde où le squale s'était mystérieusement égaré. Les garçons avaient blêmi. Sur une image, il tenait une pieuvre d'une couleur extraordinaire, un violet flamboyant, dont les bras pendaient jusqu'au sol. Sa tête (qui n'est pas sa tête, en réalité, mais son corps, appris-je ensuite) était plus grosse que celle d'Ignacio qui souriait à ses côtés, tout à fait détendu. Mon cœur s'était accéléré. J'avais entendu parler des calmars qui engloutissaient des navires en les enserrant de leurs tentacules. Ou encore des marins ayant imprudemment débarqué sur une île qui était en réalité le dos d'une pieuvre (on n'entendait plus jamais parler d'eux, seul demeurait leur navire, dérivant tel un vaisseau fantôme au milieu de l'océan vide).

Ce jour-là, Ignacio avait décidé d'emmener les enfants en expédition sous-marine, mais la galerie de monstres aquatiques avait modéré leur enthousiasme. Pas le mien. Là-bas, sous la surface, quelque chose m'appelait. Nous partîmes donc, lui et moi, main dans la main, le front ceint de masques préhistoriques et le corps couvert de graisse de tortue – pour nous protéger du froid, m'avait-il expliqué en me tartinant avec vigueur. Je me demandais si la crique que nous arpentions de long en large était celle où s'était perdu le requin blanc, mais Ignacio avait un couteau attaché à la cheville, et ne cessait de me faire des clins d'œil.

Le silence finit par m'emporter, ainsi que la beauté d'un monde plus vaste, plus somptueux que tout ce que j'avais connu jusqu'alors. Les prairies de posidonies frémissaient dans le courant, dissimulant encore un autre monde, bernard-l'ermite, étoiles de mer orangées, raies constellées de points bleus. Des gorgones ondulaient sur les tombants, semblables à des morceaux de dentelle, des oursins dardaient leurs piquants dans les anfractuosités de la roche, des bancs de poissons épousaient le mouvement de la houle, en me fixant de leurs grands yeux. Ils scintillaient comme des constellations dans la nuit. L'univers terrestre, peuplé de garçons effrayants et d'angoisse, n'était plus qu'une faible lueur, elle vacillait tout au fond du cosmos. En remontant à bord, je chancelais, dégoulinante, en proie au vertige de l'amour. Les garçons jouaient aux cartes sur le pont, ils semblaient soudain tout petits.

Ensuite, Ignacio et moi plongeâmes chaque jour, avec un enthousiasme scientifique. Nous nous couvrions de graisse de tortue, enfilions nos palmes, les masques, ovales et noirs, semblables à ceux du commandant Cousteau dans *Le monde du silence*, puis sautions à l'eau, droits comme des I, sans hésiter. On aurait dit que nous avions l'intention d'étudier la géographie entière des Baléares. Nous relevions ses casiers, pêchions des nacres que nous déterrions dans le sable, chatouillions les anémones, approchant nos visages des trous où se cachaient les congres et les langoustes. Nous longions les tombants, descendant de plus en plus profond, nous faufilant dans les grottes. À l'école, j'étais l'élève dénuée de force, incapable d'atteindre le bac de sable au lancer de poids, haletant autour du stade avec un point de côté, le genre qu'on choisissait en dernier dans son équipe au ballon prisonnier. Mais au milieu des océans, j'étais une exploratrice sans peur et sans reproche. Ignacio me regardait avec fierté, m'appelait « chiquilla » en ébouriffant mes cheveux, et s'il n'avait décidé que je devais apprendre à cuisiner la paella et épouser son fils, un gaillard de vingt-cinq ans aussi velu que lui, notre relation aurait été parfaite. J'avais neuf ou dix ans, et pas la moindre intention de me marier. Je voulais conduire un bateau, devenir océanographe. Et voir une pieuvre.

Au cours de nos immersions, nous avions rencontré les créatures les plus rares et les plus nobles de la Méditerranée : des mérous avec leur air de chien placide, une murène dont le corps était plus épais que mes cuisses, un hippocampe fluorescent et distingué, la queue enroulée autour d'une algue. Nous avions trouvé des perles, rouges, noires ou ivoire, dans le corps mou des nacres. Découvert une crèche confectionnée par des marins à l'intérieur d'une grotte – Joseph, Marie, les Rois mages, le bœuf, l'âne, ils étaient tous là, autour d'un petit Jésus couvert de coquillages. Mais pas de céphalopode. Je pensais qu'il faudrait peut-être nous aventurer dans les abysses, là où les calmars se battent à mort avec les cachalots.

L'année suivante, Ignacio m'initia à la plongée sous-marine. Je respirais à l'aide d'une bouteille d'air comprimé fixée sur une planche de bois que je portais dans mon dos, sanglée par des lanières. J'avais la sensation d'être Albert Falco, le fidèle second du commandant Cousteau. Cet été-là, rien ne nous arrêtait, ni les orages, ni même l'obscurité, puisque nous plongions désormais de nuit, armés de lampes torches dont le faisceau lumineux balayait les ténèbres. Ignacio prétendait que c'était le meilleur moment pour croiser un poulpe en chasse : il aimait s'aventurer sur les fonds sableux après le crépuscule. D'après lui, on pouvait le voir marcher sur le sol debout sur ses bras, mais aussi trimballer un coquillage, ou un morceau de plastique, à la façon d'un abri portatif. Ignacio ne savait pas si des pieuvres géantes peuplaient les profondeurs, guettant leurs proies tapies dans des cavernes tapissées de corail – il avait entendu parler d'un chalutier englouti au large de Minorque, dans les années 1950, par une mystérieuse créature –, mais, ce dont il était certain, c'est que les poulpes qu'il avait rencontrés étaient de taille raisonnable et franchement amicaux. Il s'agissait même des animaux les plus intelligents et les plus ludiques qui soient. Ignacio prétendait avoir joué au football avec un *Octopus vulgaris* qui, à l'aide de ses tentacules, poussait et repoussait vers lui une coquille d'oursin, comme s'il lui faisait des passes. J'avais écarquillé les yeux en sirotant mon Fanta à la paille.

J'ai plongé avec Ignacio durant plusieurs étés encore, jusqu'à l'âge de quinze ans. Je n'ai jamais été capable de cuisiner une paella – ni grand-chose d'autre d'ailleurs –, je n'ai pas épousé son fils. Mais je conserve, aujourd'hui encore, des reliques de notre âge d'or : l'oursin de la taille d'un melon, une infinité de coquillages, des perles de nacre dans un pilulier. Je ne suis pas devenue océanographe, Jacques-Yves Cousteau n'a jamais répondu à mes lettres le suppliant de m'embarquer sur la *Calypso*. Mais j'ai fini par rencontrer une pieuvre.

Je l'ai cherchée longtemps. J'ai passé tous les brevets de plongée, les uns après les autres, en espérant que ces compétences techniques constitueraient autant d'atouts me permettant de trouver, un jour, celle que je cherchais. Elle se dérobait, néanmoins, invisible, mythologique. J'avais découvert *Vingt mille lieues sous les mers*, et les terrifiantes rencontres du *Nautilus*, mais surtout *Les travailleurs de la mer*, où Gilliat le marin affronte, dans un chapitre intitulé « Le monstre », une pieuvre colossale. « Pour croire la pieuvre, il faut l'avoir vue, écrit Victor Hugo. Comparées à la pieuvre, les vieilles hydres font sourire. Orphée, Homère et Hésiode n'ont pu faire que la chimère. Dieu a fait la pieuvre. Si l'épouvante est un but, la pieuvre est un chef-d'œuvre. » Je commençais néanmoins à douter, Victor semblait enclin au drame. Dans son *Histoire naturelle, générale et particulière des mollusques*, parue en 1801, le naturaliste Pierre Dénys de Montfort alignait des assertions qui semblaient bien peu académiques : « Le poulpe est mauvais. Il détruit pour détruire. C'est un assassin de profession qui, perpétuellement embusqué sur la voie publique, vit de meurtres et de sang. » J'avais jeté l'ouvrage à la poubelle, aussi blessée que s'il s'en était pris à un membre de ma famille.

J'avais découvert que les pieuvres ont trois cœurs, et cela me semblait le signe des êtres sensibles. Leur sang est bleu, leur cerveau le plus gros de tous les invertébrés. Certains affirment qu'elles changent de couleur dans leur sommeil, preuve de leur émotivité et de leur faculté à rêver. En Indonésie, on a vu des poulpes faire du surf sur des pentes sableuses, chevauchant une moitié de noix de coco. Dans une université de Nouvelle-Zélande, des poulpes éteignaient la lumière du laboratoire en envoyant, depuis leur aquarium, de puissants jets d'eau sur les ampoules (ils causèrent tant de courts-circuits que les chercheurs, exténués, se résolurent à les libérer dans l'océan).

Je finis par découvrir, avec stupéfaction, que le poulpe et la pieuvre désignaient un seul et même animal. Il n'y avait pas d'un côté les pieuvres-épouvante, de l'autre les poulpes rigolos surfant sur les côtes indonésiennes. Je savais qu'au large du Japon on avait observé un calmar pesant près de cinq mille kilos qui croisait à deux mille mètres de profondeur, mais rien ne permettait d'affirmer qu'il fût un tueur professionnel.

Ma pieuvre m'apparut l'été de mes dix-huit ans. Je poursuivais un stage de plongée au large de Marseille, avec une bande de fous furieux dont la curiosité et l'enthousiasme me rappelaient ceux d'Ignacio. Rien ne nous arrêtait : nous étions sous l'eau le matin, le midi et le soir, et la nuit, dans nos songes, nous arpentions encore les profondeurs.

C'était la fin de la plongée, j'étais juste sous la surface, me laissant dériver le long d'une paroi rocheuse en attendant de rejoindre le rivage. Il y eut comme un mouvement dans un trou, une ombre qui se déplaçait dans sa cachette. Je me suis approchée. Un bras couvert de ventouses s'est déroulé juste devant mon masque. Il se déployait avec grâce, on aurait dit qu'il me faisait signe. D'autres bras ont suivi, puis le corps tout entier, et une pieuvre minuscule, pas plus grande qu'une main, a surgi devant mes yeux. Je l'ai effleurée, du bout des doigts, en retenant mon souffle, puis, comme elle semblait apprécier, je me suis mise à la caresser franchement, grattant sa tête comme celle d'un petit chat. Ses yeux étaient doux et profonds. Elle a fait alors cette chose insensée : elle s'est approchée encore, a exploré ma combinaison de ses ventouses, avant de se poser, ramassée sur elle-même, au milieu de ma poitrine. Ensuite, elle n'a plus bougé. Nous sommes restées ainsi, bercées par la houle, sous le soleil qui chauffait la surface, nos quatre cœurs battant à l'unisson. Ma bouteille d'air comprimé était presque vide, alors j'ai détaché ses ventouses, les unes après les autres. La séparation ne fut pas facile, ni pour elle, ni pour moi. Elle finit par lâcher prise, avant de se déployer à la façon d'une étoile, ou d'un parachute, passant du brun foncé au blanc le plus pâle. Ses yeux mélancoliques étaient toujours plongés dans les miens. Dans mon détendeur, je dis : « Je te baptise Ignacio. » Sa tête vint frôler mon masque, c'était presque un baiser.

Enfin, elle replia ses bras sous elle, enfla comme on pousse un soupir puis se propulsa vers le fond et disparut dans le bleu.

QUELQUES MOTS DU WWF

Le Fonds mondial pour la nature (WWF) est l'une des toutes premières organisations indépendantes de protection de l'environnement dans le monde. Avec un réseau actif dans plus de 100 pays et fort du soutien de près de 5 millions de membres, le WWF œuvre pour mettre un frein à la dégradation de l'environnement naturel de la planète et construire un avenir où les humains vivent en harmonie avec la nature, en conservant la diversité biologique mondiale, en assurant une utilisation soutenable des ressources naturelles renouvelables, et en faisant la promotion de la réduction de la pollution et du gaspillage.

Depuis 1973, le WWF France agit au quotidien afin d'offrir aux générations futures une planète vivante. Avec ses bénévoles et le soutien de ses donateurs, le WWF France mène des actions concrètes pour sauvegarder les milieux naturels et leurs espèces, assurer la promotion de modes de vie durables, former les décideurs, accompagner les entreprises dans la réduction de leur empreinte écologique, et éduquer les jeunes publics. Mais pour que le changement soit acceptable, il ne peut passer que par le respect de chacune et de chacun. C'est la raison pour laquelle la philosophie du WWF est fondée sur le dialogue et l'action.

En 2021, le WWF France et Folio signent une collaboration inédite qui s'inscrit dans la lignée de l'engagement du WWF et du combat mené par l'organisation depuis sa création.

Pour découvrir les projets du WWF sur le terrain, rendez-vous sur : http://projets.wwf.fr

Remerciements

Folio remercie tous les partenaires médias qui ont choisi de soutenir généreusement cette publication inédite et engagée.

Tous les papiers utilisés pour les ouvrages des collections Folio
sont certifiés et proviennent de forêts gérées durablement.

Composition Nord Compo
Impression Maury Imprimeur
à Malesherbes, le 04 octobre 2021
Dépôt légal : octobre 2021
Numéro d'imprimeur : 257485

ISBN 978-2-07-295348-4/Imprimé en France.

397976